하루의 시

하루의 시

황인숙 엮고 씀
이제하 그림

책읽는수요일
Books
on Wednesday

휴식과
도피처가 되어주었던
고마운 시들

　나처럼 글쓰기를 지겨워하는 문인이 또 있을까. 하긴, 문인도 글만
안 쓰면 할 만하다는 말이 회자되는 걸 보니 많이들 그런가 보다. 다들
꾹 참고 쓰는 것인가 보다. 다른 업에 종사하는 사람들도 일중독자가
아니고서야 일이 기껍기 쉽지 않을 테다. "일[일:][명사] (생계나 벌이
를 위한)노동. 직업." 일이란 그런 거겠지. 교정지를 읽다 보니 시를 옆
에 두고 컴퓨터 앞에 앉아 있던 시간들이 떠오른다. 이 짧은 글들을 쓰
면서 매번 대하소설이라도 쓸 듯이 커피를 마셔댔다. 원고 분량을 확인
하려 '문서정보'를 숱하게 클릭했지. 아주 주리 틀리는 듯했던 그 시간
을 그러나 나는 즐겼다.

　책 읽기는 내 도락이어서 아무리 주옥같은 시라도 허접한 글이나 다
름없이 읽어치우곤 했는데, 그에 대해 글을 써야 한다는 부담을 안고
읽으니 아무래도 정신을 바짝 차리고 감각을 벼려야 했다. 여기 소개
되는 시들은 물론 좋은 시들이지만, 내가 무슨 좋은 시를 잡아끄는 전
방위 고성능 자석인 게 아니어서, 모든 시 중의 좋은 시도 아니고 그 시
인의 가장 좋은 시도 아니다. 그저 내가 조우한 시들 중에 이끌린 시다.
하지만 당시 내가 최대한 많은 시를 읽고자 한 만큼 실제 엄청나다고
할 만한 편수의 시를 읽었다는 걸 밝힌다.

이미지나 메시지가 명료해서 따로 말을 덧붙이는 게 사족 같았던 시와 자폐적이거나 5차원 세계여서 분명 뭐가 있는데 그게 뭔지 모르겠던 시는 정말이지 나를 힘들게 했는데, 그 곤경을 뚫고 뭐라 뭐라 써낸 뒤의 성취감은 각별했다. 오, 매혹적이고 까칠한 시들이여! 때로는 프로파일러가, 때로는 해몽가가, 때로는 '애니멀 커뮤니케이터'(실례!)가 된 듯했던 안개 긴 밤 시와의 밀회였어라.

내 덧붙인 글이 마뜩치 않았던 시인도 분명 있으리라. 꿈보다 해몽이 누추한 게 꿈의 제시자에게 더 좋은 일이라고 변명드린다. 피곤에 찌들어 사는 내 일상에 휴식이 되고 도피처가 되어주었던 시들에 새삼 감사를 전한다. 그대들의 꿈이 내게 꿈꾸고 싶은 욕망을 불끈 솟구치게 했다오! 그리고 원고를 달리는 동안 기운을 돋우어준 인터넷 라디오 방송 'Back To The 50's & 60's'와 '1000 Hits Sweet Radio'도 고마웠어요!

2016년 봄
황인숙

차례:

책을 펴내며 004
휴식과
도피처가 되어주었던
고마운 시들

1부
참, 그런 시절이
있었다

이제하「빈 들판」/ 아무것에도 매이지 않는 삶과 풍상의 아름다움 012

양애경「조용한 날들」/ 나도 행복했었지, 평화로웠지 016

서동욱「3분간의 호수」/ 우주도 어쩌지 못하는 시인의 기쁨 020

손현숙「공갈빵」/ 어머니 고맙습니다 024

페데리코 가르시아 로르카「뉴욕에서 달아나다」/ 어둡고 향기롭다 028

조은「언젠가도 여기서」/ 섹슈얼한 외로움과 추억과 서글픔 034

김종해「사모곡」/ 가장 아름다운 여인 038

다카하시 아유무「핵」/ 여행을 한다면 아유무처럼 042

김종삼「라산스카」/ 견디다, 견디다, 견디다 046

설정환「삶의 무게」/ 개미처럼 헤매다 050

서영처「베니스의 뱃노래」/ 음악으로 되살아나는 추억 054

스테판 말라르메「바다의 미풍」/ 모든 생을 포식한 듯한 이 권태 058

임희구「김씨」/ 모든 어머니가 탐낼 아들 062

2부
오래 걷는다는 건
가장 힘든 싸움

셰이머스 히니 「박하」 / 아일랜드 민중의 삶이 켜켜 괸 늪 068

이근화 「짐승이 되어가는 심정」 / 사랑이라는, 짐승 같은 본능 072

허연 「사선의 빛」 / 속수무책의 외로움 076

김승일 「의사들」 / 무섭고 쓸쓸한 미성년의 악몽 080

서정주 「푸르른 날」 / 그리워하라! 084

엄승화 「미개의 시」 / 죽음마저 화사하게 만드는 색채감 088

최승자 「한 세월이 있었다」 / 시간도 공간도 처음과 끝이 있다 092

한승오 「노루목」 / 경험이 쌀알처럼 딴딴하게 096

김남조 「편지」 / 나도 아름다워야겠어 100

윤성근 「엘리엇 생각」 / 술과 헤비메탈과 SF소설을 사랑했던 시인 104

김윤배 「내 안에 구룡포 있다」 / 목이 멜 정도로 아름다운 밤의 포구 108

포루그 파로흐자드 「나는 태양에게 다시 인사하겠다」 / 뜨겁고 강인한 사랑의 레지스탕스 112

3부

무사하지 않은 채,
우리는 생을 통과한다

김중식 「엄마는 출장중」 / 왠지 울컥, 해진다 118

김영태 「과꽃」 / 음악이 너무 좋아 행복감에 빠진 연주 122

김경인 「자화상을 그리는 시간」 / 참고 참았던 말 126

윌리엄 버틀러 예이츠 「헤매는 잉거스의 노래」 / 나방 같은 별들 멀리서 반짝이는 여름 132

이원 「목소리들」 / 꼼지락꼼지락 136

박경희 「상강」 / 된서리 내린 그 슬픔과 아픔 140

에드거 앨런 포 「애너벨 리」 / 그녀를 덮은 낡은 외투 한 장 144

유하 「참새와 함께 걷는 숲길에서」 / 무사하지 않은 채, 우리는 생을 통과한다 150

이창기 「즐거운 소라게」 / 고둥껍질을 업은 소라게처럼 154

신현락 「고요의 입구」 / 곡선은 고요하고 나는 뾰족뾰족하다 158

박재삼 「가난의 골목에서는」 / 달빛에도 눈물이 묻어 있다 162

이현승 「있을 뻔한 이야기」 / 아무것도 없는, 아무것도 아닌 166

최정례 「냇물에 철조망」 / 물은 100도가 돼야 끓는다 174

4부
걷는 기쁨은
살아 있는 기쁨이다

허수경 「해는 우리를 향하여」 / 죄를 져도 죽고 죄 없이도 죽는다 180

조윤희 「화양연화」 / 세상 모든 봉인된 사랑을 위하여 186

박진성 「아라리가 났네」 / 미쳐서야 행복한 사람도 있다 190

육근상 「가을 별자리」 / 땅의 운명을 하늘에 묻다 194

문정희 「먼 길」 / 걷는 기쁨은 살아 있는 기쁨이다 198

박준 「옷보다 못이 많았다」 / 텅 비어 있는 쓸쓸한 봄밤 202

김소월 「나는 세상 모르고 살았노라」 / 당신이 그립고 그립다 206

김경미 「봄, 무량사」 / 올해도 남산에 벚꽃 만발하면 210

문동만 「자면서도 입 벌린 것들」 / 누군들 힘든 삶을 살지 않겠나 214

이성복 「시에 대한 각서」 / 사방에 고독이 있다 218

빅토르 위고 「나비가 된 편지」 / 오늘 당신에게 시를 보내련다 222

최규승 「은유」 / 이래도 말이 되고 저래도 말이 되는 226

오규원 「꽃과 그림자」 / 붓꽃이 마음에 흐드러지다 230

출전 234

작가소개 238

참,
그런 시절이
있었다

이제하 「빈 들판」 / 아무것에도 매이지 않는 삶과 풍상의 아름다움

양애경 「조용한 날들」 / 나도 행복했었지, 평화로웠지

서동욱 「3분간의 호수」 / 우주도 어쩌지 못하는 시인의 기쁨

손현숙 「공갈빵」 / 어머니 고맙습니다

페데리코 가르시아 로르카 「뉴욕에서 달아나다」 / 어둡고 향기롭다

조은 「언젠가도 여기서」 / 섹슈얼한 외로움과 추억과 서글픔

김종해 「사모곡」 / 가장 아름다운 여인

다카하시 아유무 「핵」 / 여행을 한다면 아유무처럼

김종삼 「라산스카」 / 견디다, 견디다, 견디다

설정환 「삶의 무게」 / 개미처럼 헤매다

서영처 「베니스의 뱃노래」 / 음악으로 되살아나는 추억

스테판 말라르메 「바다의 미풍」 / 모든 생을 포식한 듯한 이 권태

임희구 「김씨」 / 모든 어머니가 탐낼 아들

빈 들판

빈 들판으로

바람이 가네 아아

빈 하늘로

별이 지네 아아

빈 가슴으로 우는 사람

거기 서서

소리 없이

나를 부르네

어쩌나 어쩌나

귀를 기울여도

마음속의 님

떠날 줄 모르네

빈 바다로

달이 뜨네 아아

빈 산 위로

밤이 내리네 아아

빈 가슴으로 우는 사람

거기 서서

소리 없이

나를 반기네

아무것에도 매이지 않는 삶과 풍상의 아름다움

감히 말하건대 나는 이제하 선생님의 친구다. 시나 삶이나 허심탄회, 천의무봉인 그 어질고 아름다운 음유시인과 같은 시대에 살며 가까이 뵙고 지내니 고마운 일이고 영광이다.

요즘 주위를 둘러보면, 어쩌면 다들 그렇게 짧은 시간을 살다 갈 거면서 저마다 그토록 영겁 같은 고통과 고독을 안고 있는지.

서릿발 같은 맴돌이 속에서 얼어붙어갈 때 「빈 들판」이 먼 하늘 햇살처럼 나려왔다. 노래 「빈 들판」의 선율에 실려.

"빈 들판으로/바람이 가네 아아//빈 하늘로/별이 지네 아아".

글자로 보니 '아아'가 탄식하는 간투사일 뿐 아니라 바람이 가고 별이 지면서 짓는 의태어다. 탄식의 모양을 붓질하듯 그런 의태어.

나는 자잘한 일상사에 마음이 매여 있고 이사도 여행도 질색이어서 몸은 붙박여 있다. 고통은 사람을 크게 한다지만 편협한 사람은 더 움츠러들 따름이다. 그런 내게 「빈 들판」은 아무것에도 매이지 않는 삶과 풍상의 아름다움을 흘긋 보여준다.

조용한 날들

행복이란

사랑방에서

공부와는 담쌓은 지방 국립대생 오빠가

둥당거리던 기타 소리

우리보다 더 가난한 집 아들들이던 오빠 친구들이

엄마에게 받아 들여가던

고봉으로 보리밥 곁들인 푸짐한 라면 상차림

행복이란

지금은 치매로 시립요양원에 계신 이모가

연기 매운 부엌에 서서 꽁치를 구우며

흥얼거리던 창가(唱歌)

평화란

몸이 약해 한 번도 전장에 소집된 적 없는

아버지가 배 깔고 엎드려

여름내 읽던

태평양전쟁 전12권

평화란

80의 어머니와 50의 딸이

손잡고 미는 농협마트의 카트

목욕하기 싫은 8살 난 강아지 녀석이

등을 대고 구르는 여름날의 서늘한 마룻바닥

영원했으면…… 하지만

지나가는 조용한 날들

조용한…… 날들……

나도 행복했었지, 평화로웠지

시인은 현재 행복하고 평화롭다. 행복이라는 말과 평화라는 말은 커다란 철학적 주제가 될 만하게 거창하지만 그 속살은 소박하다. 행복과 평화, 이 이상적 상태는 대단한 것으로 이루어지는 게 아니라 자잘한 일상 속에서 이루어진다. 전쟁은 참혹한 것이지만 전쟁 이야기를 읽는 건 평화.

「조용한 날들」은 평화로운 그림인데 가슴을 뭉클하게 만든다. 보통의 사람들은 대개 시인이 들려주는 것과 비슷한 기억을 갖고 있을 테다. 그 기억이 건드려진다. 나도 행복했었지, 평화로웠지. *끄덕끄덕끄덕.*

참 좋은 시다. 그림이 확 그려진다. "평화란/80의 어머니와 50의 딸이/손잡고 미는 농협마트의 카트/목욕하기 싫은 8살 난 강아지 녀석이/등을 대고 구르는 여름날의 서늘한 마룻바닥". 지구가 농협마트의 카트 바퀴처럼 돌돌돌돌돌 순탄하게 굴러가는 소리가 들리는 듯하다. 행복이나 평화는 어떤 조용함이다.

마지막 연이 보여주는, 가는 세월의 안타까움이 마무리로 톡 떨군 향긋한 식초 한 방울처럼 「조용한 날들」의 맛을 돋운다.

3분간의 호수

비가 온 뒤 플라자 호텔 앞 도로는

수면이 맑게 닦인 호수 같다

붉은 신호등이 차들의 침범을 막아 서울

한복판에 3분간 딱

켜져 있는 호수

그 위를 잠자리 한 마리가

공중에 필기체를 휘갈기며 날아간다

가는 꼬리에 뽀글뽀글 가득 찬 저

낳고 싶다는 본능이, 겨우 물로 매끼한 정도의

수심 2mm의 호수에 혹했다

저쪽 횡단보도엔 벌써

파란 등이 이쪽으로 건너오겠다는 듯 깜박거리고 이제

10초 후면 배때기에 타이어 자국 새기며 사라질 호수

물 위를 꼬리로 톡톡 쳐보고 기쁜 듯 홀라당거리며

S자로 6자로 소란스레 비행하는 저 욕망

배고 낳고 죽는 모든 껍데기들을 지구의 탄생부터

떠받치고 있던 저 에너지는

그러나 지구에서는 천수를 다했다는 듯,

이윽고 우주의 시간이 땡 파란 불로 바뀌며

소공로에서 좌회전 대기하고 있던 개들이 풀려나와

덮쳐버린다

우주도 어쩌지 못하는 시인의 기쁨

모래 한 알에서 우주를 보는 시랄까(우주야, 너도 얼마나 모래알처럼 작으냐). 인간 남녀의 성욕과 교접이라는 것도 우주의 잣대로 재면 "가는 꼬리에 뽀글뽀글 가득 찬 저/낳고 싶다는 본능이, 겨우 물로 매끼한 정도의/수심 2mm의 호수에 혹"하는 것. 적막하다. 탈진한 세일즈맨이 객지 여관방에 돌아와 홀로 멍하니 들여다보는 포르노 영상처럼, 적막하고 노골적이다. 서동욱의 시들은 읽는 사람을 시무룩하게 만든다. 그런데 재미나다. 그 재미는 한 편 한 편 야무지게 빚은 상황극을 보는 지적 재미이며, 인간과 인간관계와 화자 자신, 그러니까 삶 전반에 대한 비관과 냉소와 짜증을 가차 없이, 그러니까 발랄하리만치 노골적으로 표현한 시구에 대한 감각적 재미다.

우주 잣대로 재면 한 사람의 생은 3분에 불과하다. 그렇다 한들, "10초 후면 배때기에 타이어 자국 새기며 사라질 호수/물 위를 꼬리로 톡톡 쳐보고 기쁜 듯 홀라당거리며/S자로 6자로 소란스레 비행하는 저 욕망"을 포착하고 기록하는 시인의 기쁨을 우주라 한들 어쩌지 못하리.

공갈빵

엄마 치마꼬리 붙잡고 꽃구경하던 봄날, 우리 엄마 갑자기 내 손을 놓고 그 자리에 얼어붙은 듯 걸음을 떼지 못하는 거야 저쯤 우리 아버지, 어떤 여자랑 팔짱 착, 끼고 마주오다가 우리하고 눈이 딱, 마주친 거지 "현숙이 아버⋯⋯" 엄마는 아버지를 급하게 불렀고, 아버지는 "뭐라카노, 아주마시! 나, 아요?" 바바리 자락 휘날리며 달아나버린 거지

먹먹하게 서 있는 엄마를 바라보며 나는 갑자기 배가 살살 아프기 시작했어 할 수 없이 집으로 돌아오는 길, 나는 배가 고픈 건지, 아픈 건지, 알 수 없었지만 서러웠거든 우리가 대문 밀치고 들어서기가 무섭게 아버지는 "어디 갔다 인자 오노, 밥 도고!" 시침 딱 갈기고 큰소리쳤고 엄마는 웬일인지 신바람이 나서 상다리가 휘어지게 상을 차렸던 거야 우리 엄마 등신 같았어

그러면서 오늘까지 우리 엄마는 아버지의 밥때를 꼭꼭 챙기

면서 내내 잘 속았다, 잘 속였다, 고맙습니다, 그 아버지랑 오누

이처럼. 올해도 목련이 공갈빵처럼 저기 저렇게 한껏 부풀어 있

는 거야

어머니 고맙습니다

　참, 그런 시절이 있었다. 돈 한 푼 못 벌어도, 몇 날이고 멋대로 집을 비우다 돌아와도, 그런 아버지를 온 가족이 가장이라고 떠받들어줬었다. 그러니 장성한 남자들은 요즘같이 마중한 책임감이나 구속감을 느끼지 않고 선뜻 장가를 갔다. 가정환경조사서의 장래희망란에 많은 여학생들이 '현모양처'나 '영부인'이라고 적어 넣던 시절이었다(현모양처나 영부인이나 결국 같은 말이다).

　「공갈빵」은 소위 페미니스트가 보기에 혐오스러울 수도 있는 시다. 화자조차 "우리 엄마 등신 같았어" 하지 않는가. 하지만 그 말은 사십여

년이 지난 뒤에 '페미니스트'의 관점으로 휘어진 것이다. 어린 딸은 오직 말할 수 없는 안도감을 느꼈을 것이다. 근본주의적 페미니스트라 해도 이 시의 정황이 자기 부모 일이라면 이렇게 전개되기를 바라지 않을까?

재밌는 시다. 바람을 들킨 현장에서 남편은 자기 체면을 구기지 않길 바라는 간절한 눈빛을 '내 편'일 아내에게 보냈을 것이다. 그 뒤 먼저 집에 돌아가 있느라 허둥지둥했을 아버지시여. 현모양처가 아니라 현처양모였던 시 속의 어머니, 고맙습니다!

뉴욕에서 달아나다:
문명을 향한 두 개의 왈츠 – 작은 빈 왈츠

빈에는 열 명의 소녀와

하나의 어깨가 있다. 그 어깨 위에서

박제된 비둘기 숲과 죽음이 흐느끼지.

성에 낀 박물관에는

아침 잔영이 남아 있지.

천 개의 창이 있는 살롱이 있지.

아이, 아이, 아이, 아이!

쉬잇, 이 왈츠를 받아줘.

이 왈츠, 이 왈츠, 이 왈츠,

바다에 꼬리를 적시는

코냑과 죽음과 "좋아요!"의 왈츠.

널 사랑해, 널 사랑해, 널 사랑해,

우중충한 복도 언저리,

안락의자와 죽은 책까지;

여기는 백합의 어두운 다락방,

달이 있는 우리의 침대에서

거북이가 꿈꾸는 춤 속에서, 사랑해.

아이, 아이, 아이, 아이!

부서진 허리의 이 왈츠를 받아줘.

빈에는 너의 입과 메아리들이

노는 네 개의 거울이 있지.

소년들을 푸른색으로 그리는

피아노를 위한 하나의 죽음이 있지.

지붕 위로는 거지들이 있지.

통곡의 신선한 화관들이 있지.

아이, 아이, 아이, 아이!

내 품 속에서 죽어가는 이 왈츠를 받아줘.

왜냐하면 널 사랑하니까, 널 사랑하니까, 내 사랑아,

아이들이 노는 다락방에서.

아이들은 따스한 오후의 소란한 소리들을 듣고

헝가리의 오래된 빛들을 꿈꾸고,

네 이마의 어두운 고요를 느끼고

눈빛 백합들과 양떼들을 본단다.

아이, 아이, 아이, 아이!

"영원히 널 사랑해" 하는 이 왈츠를 받아줘.

빈에서 나는 너와 춤을 추리라,

강의 머리를 그린

가면을 쓰고.

히아신스 꽃이 가득한 나의 강변들 좀 봐!

내 입을 너의 두 다리 사이에 두고,

내 영혼을 사진들과 수선화들 사이에 두리라.

그리고 네 발등의 어두운 물결에는

내 사랑아, 나의 사랑아, 바이올린과

무덤, 왈츠의 테이프를 선사하리라.

어둡고 향기롭다

로르카 시를 제대로 만난 건 민용태 선생님이 번역해서《현대시학》에 게재한 '로르카 특집'(아마도)에서였다.

"파랗게 사랑해 파랗게./파란 바람, 파란 잎가지./바다에는 배/산에는 말./허리에 어둠을 두르고/베란다에서 꿈꾸는 여인,"(「악몽의 로맨스」에서)

시들을 홀린 듯 읽으며 비수로 가슴께를 슥 베이는 듯했는데 그 시린 통증의 절반 남짓은 질투심이 유발한 것이었다. 내가 지적 근기 없는 인간이 아니었다면 스토커처럼 그의 시들을 캐고 다녔으련만. 더 이상 알지도 못하면서 "로르카 최고!" "내 로르카!"만 남발하고 다녔다. 그로부터 일 년쯤 뒤, 지금으로부터 이십 년쯤 전, 그라나다에 들른 친구로부터 달랑 한 문장 적힌 엽서를 받았다. "로르카가 참혹하게 죽음을 당한 곳, 나는 전율한다!"

그즈음 한 술집에서 레너드 코언 노래를 들었다. 그 애절한 노래에 달콤하게 휘감겨 발끝을 까딱거릴 때 소설가 이인성 선배가 "저 가사 로르카 시야"라고, 누구에게랄 것도 없이 일러줬다. 아!?

앨범을 구해 몇 날 며칠 그 노래만 듣다가 열 개의 카세트테이프를 그 노래로 채우고 열 장의 종이에 가사를 옮겨 적었다. 열 명의 친구들에게 선사하고 싶어서.

어휘 하나하나가 어둡고 향기롭다. 로르카 시가 대개 그렇듯 죽음이 있고, 숨 막힐 듯한 꽃향기가 있고, "아이, 아이, 아이, 아이!" 통곡 소리가 있고.

언젠가도 여기서

언젠가도 나는 여기 앉아 있었다
이 너럭바위에 앉아 지는 해를 바라보며
지금과 같은 생각을 했다

그때도 나는 울지 않았다
가슴속 응어리를
노을을 보며 삭이고 있었다
응어리 속에는 인간의 붉은 혀가
석류알처럼 들어 있었다

그러다 어느 순간
슬픔의 정수리로 순한 꽃대처럼 올라가
숨결을 틔워주던 생각
감미롭던 생각

그 생각이 나를 산 아래로 데려가 잠을 재웠다

내가 뿜어냈던 그 향기를 되살리기가

이렇게도 힘들다니……

섹슈얼한 외로움과 추억과 서글픔

    조은은 성심의 인간이며 성심의 시인이다. 성심(聖心)에 이르는 성심(誠心). 인간으로니 시인으로나 무심하고 태만한 나는 문득 감동하고 반성한다. 그런데 나만 하기도 쉽지 않은 건지 반성은커녕 불편해하기만 하는 사람이 있으니, 조은은 종종 외로울 것이다.

    「언젠가도 여기서」를 읽다가 나는 고개를 갸웃거렸다. 가슴속 응어리가 될 정도로 시인을 슬프게 한 어떤 "인간의 붉은 혀"를 석류알에 비유한다? 석류알의 고혹적인 빛깔과 모양을 가만히 떠올리다가 나는 고개를 끄덕였다. 붉은 그 혀, 언제까지라도 생생할 듯 요사스런 석류알은 지금 내 입에 침이 고이듯 시인의 가슴에 연신 피가 고이게 하는 것이리라. 이치로도 감각으로도 딱 와 닿는다. 그 기분 나쁜 몹쓸 혀를 섹슈얼하기까지 한 석류알로 윤색하는 시인의 산뜻한 성심이여.

어…… 그런데…… 실은 이 시가 섹슈얼한 외로움과 추억과 서글픔을 토로하는 게 아닐까? 하는 생각이 번개같이 스친다. 그런 코드로 읽으니 또 다른 맛이 난다.

사모곡

| 김종해 |

이제 나의 별로 돌아가야 할 시각이

얼마 남아 있지 않다

지상에서 만난 사람 가운데

가장 아름다운 여인은

어머니라는 이름을 갖고 있다

나의 별로 돌아가기 전에

네가 마지막으로 부르고 싶은 이름

어. 머. 니

가장 아름다운 여인

시인의 다른 아름다운 여인들, 부인도 따님도 그리고 혹시 계시다면 연인도 시인이 "가장 아름다운 여인" 자리에 어머니를 놓은 것에 샘을 내지 않으리라. 그이들에게도 어머니가 있을 테니까.

"어머니는 부산 충무동시장에서 떡장수, 술장수, 국수장수를 하며 아이들을 학교에 보냈다. 우리는 어머니가 하는 그 많은 일 가운데 물지게로 물을 길어 나르고, 절구통의 떡을 치고, 맷돌을 돌리고, 콩나물에 물을 주고, 군불을 지펴서 고두밥 찌는 일을 거들었다."

아름답지 않은가? 김종해 시인의 산문에서 옮겼다. 고단했건 슬펐건 어머니가 지켜주시던 시공간은 아름답다. 그 정 깊은 어머니 나라를 가슴에 품고 있는 시인은 복된 사람이다. 어머니도 복되시고.

"눈은 가볍다/서로가 서로를 업고 있기 때문에/내리는 눈은 포근하다/서로의 잔등에 볼을 부비는/눈 내리는 날은 즐겁다/눈이 내리는 동안/나도 누군가를 업고 싶다"(「눈」 전문)

이 시와 「사모곡」이 실린 『풀』은 고샅고샅 따뜻하고 섬세하고 맑은 시집이다. 내가 아는 시인처럼, 풀꽃처럼.

핵(核)

| 다카하시 아유무 |

많이 먹을 필요는 없어.

한 마리의 생선을 뼈째 모두 먹어봐.

그러면 참된 '맛'을 알게 될 테니.

많이 읽을 필요는 없어.

한 권의 책을 글자가 너덜너덜해질 때까지 읽으라고.

그러면 참된 '재미'를 알게 될 테니.

많이 사랑할 필요는 없어.

단 한 사람을 마음껏 실컷 사랑해봐.

그러면 참된 '사랑'을 알게 될 테니.

가난한 나라의 넉넉한 사람들이

내게 그렇게 웃음을 건넸다.

  "유대감과 자유 — 두 가지 기본 욕구 중 어느 하나가 채워지지 않으면 아이는 어른이 되어서까지 결핍감에 시달린다."(『우리는 무엇이 될 수 있는가』에서)

  뇌과학자 게랄트 휘터의 앞의 책을 읽는 동안 계속 다카하시 아유무가 떠올랐다. 달리 가이드가 필요 없을 만큼 명료한 시 「핵」이 실린 여행 노트 『러브 앤 프리』는 유대감과 자유의 기록이다.

  "대초원의 밤/귀를 쫑긋거리자/바람이 멈춘다.//태어나서 처음으로 '완벽하게 적막한 시간'.//완전한 정적에 들어선 순간, 이유도 없이, 두려워졌다./얼마나 지났을까/샤라샤라샤라라라라……/하늘 가득한 별들의 소리가 들린다.//별에도 소리가 있다."(「별소리」 전문)

  이렇듯 "'대자연의 아름다움' 앞에서 100% 녹아버"리는 순간들과

"전 세계에 고통받고 있는 사람이 이렇게 많은데/너는 언제까지 네 즐거움만 추구하며 살아갈 생각이니?" 곱씹는 순간들이 책 전면에 곰살갑고 청량하게 녹아 있다.

"세계를 돌아다니면서/'만약 내가 여기에 태어난다면 어떻게 살 것인가'/그런 것을 생각해보는 습관이 생겼다.//'만약 나였다면…….'/그런 시점으로 생각해보는 것만으로도/모든 풍경이 가까워진다."

다카하시 아유무의 타고난 듯한 유대감과 자유에의 열광을 특히 청년들에게 감염시키고 싶다. 여행을 한다면 아유무처럼!

Freedom is not Free.(워싱턴의 한 공원 전쟁기념비에 새겨진 구절이란다. 왈, 자유는 무료가 아니다.)

라산스카

| 김종삼 |

바로크 시대 음악 들을 때마다

팔레스트리나 들을 때마다

그 시대 풍경 다가올 때마다

하늘나라 다가올 때마다

맑은 물가 다가올 때마다

라산스카

나 지은 죄 많아

죽어서도

영혼이

없으리

견디다, 견디다, 견디다

소설가 강석경은 한 권짜리 『김종삼 전집』 뒤에 실린 김종삼론 「문명의 배에서 침몰하는 토끼」에 에밀 시오랑의 글 두 줄을 제사로 썼다.

"아침부터 저녁까지 무엇을 하십니까?"

"나 자신을 견딥니다."

견디다, 견디다, 견디다, 견디다, 견디다……

명민하고 아리따운 강석경이 젊은 날에 무산자 보헤미안 노시인 김종삼을 만난 뒤 쓴 「문명의……」에는 김종삼의 생생한 육성이 여럿 담겨 있다. 그중 하나.

"라산스카가 뭐냐고? 밑천을 왜 드러내? 그걸로 또 장사할 건데. 묻는 사람이 여럿 있어요. 안 가르쳐줘요."

하긴 라산스카가 뭔지 몰라도, 팔레스트리나 들어본 적 없어도, 「라산스카」를 읽으며 미통한 진율을 느끼는 데 하등 장애가 없었다. 그래도 문득 궁금했는데 고종석 시론집 『모국어의 속살』에 따르면 김종삼의 라산스카는 한 시대를 풍미했던 뉴욕 출신 소프라노 가수 헐더 라샨스카라고 한다. 내친 김에 『모국어의 속살』에 실린 김종삼론 한 부분을 옮기겠다.

"김종삼은 외래어를 그려다 붙이며 제 교양이나 취향을 드러내는 데

그치지 않고, 거기 의지해 정서적 확장과 공명을 이뤄내는 데 자주 성공했다. 말하자면 그 고유명사들을 장악하고 있다."

핵심을 제대로 짚었다. 김종삼 선생이 봤으면 기특해하셨을 글이다.

어떤 시인들에게 이제 김종삼은 전설적 시인이며 "내 영혼에 존재하는 나라다". 선생이 그토록 혐오했다는 팝송을 즐겨 듣는 통속적인 나도 그의 시를 성소(聖召)처럼, 본향처럼 여기는 시인 중 하나다. 음악으로 치면 기악곡처럼 추상적이고 알쏭달쏭한 게 김종삼 시의 특징인데, 「라산스카」는 짧지만 전하는 바가 명료하다. 죽어서도 영혼이 없으리라 싶게 죄의 물살에 휘말려 떠오르는 전생애 감각. 이 죄를 어떻게 견딜까!

팔레스트리나를 들으면서 「라산스카」를 읽어봤다. 한 곡을 채 못 듣겠다. 훅 끼치는 내 죄의 기세에 속이 메슥거린다. 팔레스트리나는 참으로 가학적인 음악이다. 죄를 씻어주는 게 아니라 끝없이 환기시키며 주위 공기를 습한 죄의 입자들로 자욱이 채운다. 아주 숨통을 죈다. 팔레스트리나가 시 「라산스카」를 쓰게 한 게 틀림없다. 시 속의 라산스카, 헐더 라샨스카는 아마도 팔레스트리나의 대척점에 있으리라. 나를 구원해다오, 라산스카! 그리운 안니 로리.

삶의 무게

| 설정환 |

파지 1kg 50원

신문 1kg 100원

고철 1kg 70원

구리 1kg 1400원

상자 1kg 100원

양은 1kg 800원

스텐 1kg 400원

각종 깡통 1kg 50원

　-고물상 주인 백

삶이 얼마나 무거워져야 가벼워지는지 모르는

허리 굽은 이가 저울 위에 그의 전부를 올려 놓는다

먼저 무게를 다 달고 난 이가 멀찍이서

그, 저울눈을 슬쩍슬쩍 훔쳐보며 견줘보고는 배식배식 웃는다

햇빛 환한 마당에는 좀 더 무거워야 가벼워지는

삶이 순해진다.

개미처럼 헤매다

그 동네 다른 집들보다 더 허름하달 것도 없을 고물상. 거기 문짝이나 담벼락에 붙은 종잇장 앞까지 다다른 시인의 걸음을 생각해본다. 재활용 폐품 수매 가격을 알리는 그 종잇장을 들여다보며 시인이 토해내거나 삼켰을 "허!" 소리 들릴 듯하다. 시인은 폐품을 수거해 근근이 살아가는 '허리 굽은 이'들을 잘 알고 있는 듯하다. 어린애만큼이나 달리 돈을 만들 방도를 모르는, 방도기 없는 노인들. 나도 그이들을 알고 있다. 우리 동네에서 내가 가장 자주 마주치는 이들이다. 뙤약볕 아래서 비바람 속에서, 깊은 밤에 때로는 신새벽에 그이들과 마주치면 반갑기도 하고, 그이들의 무사함이 다행스럽기도 하고, 숙연해지기도 한다.

"파지 1kg 50원/신문 1kg 100원/고철 1kg 70원/(……)/각종 깡통 1kg 50원".

인유로만 이루어진, 글자 뭉치를 그대로 옮겨 적은 것만으로 시가 된, 첫 연을 물끄러미 들여다본다. 분노와 무력감과 슬픔이 오가며 가슴이 욱신거린다. 그 자체가 사람의 마음을 움직이는 오브제가 있다. 그것을 발견한 설정환 시인의 힘!

고물은 그렇게나 무겁고 그 값은 그렇게나 가볍고. 그래서 그이들이 개미처럼 쉴 새 없이 헤매 다니는 것이다. 생활력이 없어도 생활비는 있어야 하는 삶의 무게…….

고양이밥 깡통 빈 것을 모아 이웃 할머니 댁에 갖다 드리는데, 한 번에 대략 백 개쯤 된다.

잘해야 2kg 나갈 '각종 깡통'이다. 겨우 100원어치! 무거운 마음으로 깡통 겉에 붙은 라벨을 벗겨낸다.

베니스의 뱃노래*

화창한 날

멘델스존 씨와 뱃놀이를 갔지요

가까운 선창에서 우린 곤돌라를 탔지요

수로마다 떠 있는 곤돌라들

현악기군처럼 조용히 바다를 연주하고 있었지요

그이도 노를 잡고 물결의 현을 켜기 시작했어요

건반 앞에 앉아 나는

출렁거림을 무릎으로 불러들였지요

페달을 깊숙이 밟을 때마다

배는 몸을 뉘며 물살 위로 미끄러졌지요

산들바람 불어오고

바다 내음이 코끝에 뭉클 밀려왔어요

하늘은 양다리를 좌악 벌리고

태양의 붉은 속과

무성한 금빛 털을 죄다 보여주었지요

바글거리며 기생하는 희망들

바서져 내리는 찰나들로 눈이 시렸어요

오래전 다리 밑에 버렸던 핏덩이 같은

추억들 일깨우는 폭양 아래 흔들려가는데

느닷없는 방역차의 굉음에 바닷물은 빠져나가고

곤돌라는 딱딱한 바다에 처박히고 말았어요

멘델스존 씨요?

어쩌면 수장된 제 생각들을 찾아

여태 어느 깊숙한

몸의 수로를 헤매고 있는지 몰라요

*멘델스존, 무언가(無言歌) 중 베니스의 뱃노래 F# 단조

음악으로 되살아나는 추억

〈베니스의 뱃노래〉를 멘델스존은 실제 베니스를 보고 만들었다 한다. 한 번도 가본 적 없는 나한테 베니스는 상상 속 물의 나라다.

이 시의 정경이 실제 베니스와 얼마나 닮아 있을지 모르지만, 나는 시를 읽으며 상상 속 베니스를 떠올렸다. 하지만 이 시가 의도하는 건 베니스를 관광시켜 주는 게 아닐 테다. 이 시를 가득 채우는 건 선율과 추억이다.

"건반 앞에 앉아 나는/출렁거림을 무릎으로 불러들였지요/페달을 깊숙이 밟을 때마다/배는 몸을 뉘며 물살 위로 미끄러졌지요".

베니스가 아닌 곳, 자기 방에서 피아노로 아마 〈베니스의 뱃노래〉를 연주하는 화자가 관능적으로 그려져 있다. 종종 연주회에서 외설스런 느낌을 받던 연주자의 동작들이 떠오른다. 악기는 음악가가 교접하는 음악의 몸뚱이일래라.

그 관능은 점점 치달아, 달고 뜨거운 한여름 향취 물씬한 베니스에서의 "바글거리며 기생하는 희망들/바서져 내리는 찰나들로 눈이 시렸"던 순간을 되살려낸다. 아 그러나, "느닷없는 방역차의 굉음"! 화자는 멘델스존 씨와의 황홀한 이중주에서 여지없이 낚아채여 울퉁불퉁 딱딱한 현실의 바닥에 패대기쳐진다.

서영처는 대학에서 바이올린을 전공한 시인이다. 그의 시편들은 '음악적 상상력'으로 출렁인다.

바다의 미풍

육체는 슬프다, 아아! 그리고 나는 모든 책을 다 읽었구나.

달아나리! 저곳으로 달아나리! 미지의 거품과 하늘 가운데서

새들 도취하여 있음을 내 느끼겠구나!

어느 것도, 눈에 비치는 낡은 정원도,

바다에 젖어드는 이 마음 붙잡을 수 없으리,

오, 밤이여! 백색이 지키는 빈 종이 위

내 등잔의 황량한 불빛도,

제 아이를 젖먹이는 젊은 아내도.

나는 떠나리라! 그대 돛대를 흔드는 기선이여

이국의 자연을 향해 닻을 올려라!

한 권태 있어, 잔인한 희망에 시달리고도,

손수건들의 마지막 이별을 아직 믿는구나!

그리고, 필경, 돛대들은, 폭풍우를 불러들이니,

바람이 난파에 넘어뜨리는 그런 돛대들인가

종적을 잃고, 돛대도 없이, 돛대도 없이, 풍요로운 섬도 없

이……

　　그러나, 오 내 마음이여, 저 수부들의 노래를 들어라!

모든 생을 포식한 듯한 이 권태

살갗을 말갛게 씻어주는 바람이 열린 창마다 불어오고 불어온다. 기분 좋은 바람이다만 가뭄이 극심하다니 마냥 반길 수 없는 노릇이다. 비 기운을 한 점 남김없이, 멀리멀리 쓸어가버릴 바람 속에서 「바다의 미풍」을 읽는다.

말라르메가 23세 된 해 5월에 썼다는 시다. "나는 모든 책을 다 읽었구나"! 젊으나 젊은 나이에 미리 모든 생을 포식한 듯한 이 권태! 지긋지긋한 권태를 앓으며, "바다에 젖어드는 이 마음"이라느니, "이국의 자연을 향해 돛을 올려라!"라느니, 마음을 부추기지만 "손수건들의 마지막 이별을 아직 믿는구나!", 다 부질없는 짓이라고 넌더리 낸다. 여긴들 저긴들⋯⋯. "그러나, 오 내 마음이여/저 수부들의 노래를 들어라!" 이 사이키델릭한 비명!

「바다의 미풍」은 나른하고 우아한 시인으로 알고 있던 말라르메의 신경증적인 청년기 모습을 엿보는 재미가 있다.

여기까지 썼는데, 명랑이(우리 집 막내 고양이)가 옆 의자에서 징징거린다. "어⋯⋯" 나는 명랑이를 흘깃 보면서 멍하니 일어나 "어, 그래, 우리 말라르메야." 중얼거리다 킬킬 웃었다. 우리 말라르메~ 명랑이 이름을 말라르메라 지어도 좋았겠다. 의자에서 뛰어내린 말라르메, 아니 명랑이가 간식 캔을 가지러 가는 내 뒤를 좋아라 쫓아온다.

이국에의 향수, 바다, 청춘, 말라르메⋯⋯.

김씨

쌀을 씻어 안치는데 어머니가 안 보인다

그리 멀지 않은 곳에 어머니가 계실 것이다

나는, 김씨! 하고 부른다

사람들이 들으면 저런 싸가지 할 것이다

화장실에서 어머니가

어!

하신다

나는 빤히 알면서

뭐해?

하고 묻는다

어머니가

어, 그냥 앉아 있어 왜?

하신다

나는

그냥 불러봤어

하고는

가스레인지에 불을 붙인다

언제 나올지 모르는 똥을 누려고

지금 변기 위에 앉아 계시는 어머니는

나이가 여든다섯이다

나는 어머니보다 마흔 한 살이 어리다

어려도

어머니와 아들 사인데 사십 년 정도는 친구 아닌가

밥이 끓는다

엄마, 오늘 남대문시장 갈까?

왜?

그냥

엄마가 임마 같다

모든 어머니가 탐낼 아들

　실실 웃음이 나온다. 이런 시의 아이디어는 어떻게 떠올랐을까? 대개 시적 화자는 시인 자신이니까 이 시의 정황도 시인의 어느 하루일 테다. 특별할 것 없이 비슷비슷하게 보내는 나날들 중 하루. 그냥 그 하루에 시인이 포커스를 맞췄다. 왜? 그냥. 우리는 무슨 큰마음 먹고 스냅 사진을 찍지 않는다. 그냥 마음이 당겨서 찍고 본다. 그런데 프로의 사진은 그냥 찍은 듯해도 그냥 사진이 아니다. 구도, 색감, 분위기 등등이 깔끔하게 포착돼 작품이 된다.

　마흔네 살 아들과 여든다섯 살 어머니가 둥글둥글 정겹게 사는 정경이 담긴 「김씨」는 보글보글 찌개처럼, 담뿍 뜸 든 햅쌀밥처럼, 착하고 맛깔스런 시다.

　화자는 모든 어머니가 탐낼 만한 아들이다. 연세는 많으시지만 건강한 듯한 어머니가 계신데 밥을 자기가 짓는다! 우리나라에 이런 아들 드물다. 게다가 아침 댓바람부터 어머니에게 농을 건다. 요런 실없는 아들을 나이 드신 어머니가 어찌 좋아하지 않을 수 있겠는가? '김씨'는 어머니에 대한 아들 전용 애칭이다. 어머니를 김씨라 부르는 건 아들이 어머니에게 건네는 농담이다. '엄마 같은 엄마'는 필시 어딘지 어리숙하고 귀엽고 웃음이 많으실 것이다. 이 모자도 다툴 때가 있을 테지. 어떻게 다툴까? 임희구의 시들은 재밌고 따스하다.

오래 견딘다는 건
가장 힘든 싸움

셰이머스 히니 「박하」 / 아일랜드 민중의 삶이 켜켜 핀 늪

이근화 「짐승이 되어가는 심정」 / 사랑이라는, 짐승 같은 본능

허연 「사선의 빛」 / 속수무책의 외로움

김승일 「의사들」 / 무섭고 쓸쓸한 미성년의 악몽

서정주 「푸르른 날」 / 그리워하라!

엄승화 「미개의 시」 / 죽음마저 화사하게 만드는 색채감

최승자 「한 세월이 있었다」 / 시간도 공간도 처음과 끝이 있다

한승오 「노루목」 / 경험이 쌀알처럼 딴딴하게

김남조 「편지」 / 나도 아름다워야겠어

윤성근 「엘리엇 생각」 / 술과 헤비메탈과 SF소설을 사랑했던 시인

김윤배 「내 안에 구룡포 있다」 / 목이 멜 정도로 아름다운 밤의 포구

포루그 파로흐자드 「나는 태양에게 다시 인사하겠다」 / 뜨겁고 강인한 사랑의 레지스탕스

박하

그것은 작은 먼지투성이 쐐기풀 덤불 같았다,

집 박공에서 야생으로 자라는,

쓰레기와 오래된 병을 내다버렸던 곳 너머:

초록빛 띤 적 한 번 없고, 거의 관심 아래였던.

하지만, 공정하게 말해서, 그것 또한 의미했다 가망과

새로움을 우리 삶의 뒷마당에서

마치 아직 애송이지만 끈질긴 어떤 것이

어영부영 초록 샛길로 들어와 유포되는 것처럼.

가윗날의 싹둑자름, 빛, 일요일

아침의, 박하 잎이 잘리고 사랑받을 때:

나의 마지막 것들은 처음의 것일 것, 내게서 빠져나가는.

하지만 모든 것 그냥 둬야지 살아남았다면.

박하 향 어지러이 무방비로 퍼지게 둬야지

마당 안에 해방된 그 동거인들처럼.

우리가 무시하여 저버렸기에

우리가 적대했던 그 무시된 이들처럼.

아일랜드 민중의 삶이 켜켜 괸 늪

평소 눈여겨본 적 없고 발길도 뜸했던, 그저 그런 들판과 이어지는 집 뒤편에서 볕 좋은 일요일 아침 화자는 뜻밖에 박하 덤불을 발견하고 쪼그려 앉아 이파리 하나를 뜯었으리라. 그 이파리를 손끝으로 살짝으깨 코밑에 대보고 살짝 씹어보기도 했으리라. 콧속과 입안에 쌔하게 퍼지는 박하 향. 문득 가슴도 쌔해진다.

"초록빛 띤 적 한 번 없고, 거의 관심 아래였던", "우리가 무시하여 저버렸기에/우리가 적대했던 그 무시된 이들", 야생으로 자라는 "작은 먼지투성이 쐐기풀 덤불" 같은 이들은 "우리 삶의 뒷마당"의 초록 존재들이다. 나(화자) 자신에게도 공정하게 말하자면, 그 초록 또한 의미 있는 "가망과 새로움"이라고 생각하지 않는 건 아니다.

시인 김정환이 번역한 『세이머스 히니 시전집』은 '찾아보기'까지 쳐서 무려 1,250페이지짜리 책이다. 참으로 읽음직스럽다. 가령, 장소를 옮겨 마저 읽으려고 「박하」가 실린 780페이지에 검지를 끼우고 책을 닫은 채 엄지손가락으로는 뒤표지를, 나머지 세 손가락으로는 앞표지를 누르며 책을 들어 올릴 때의 그 손맛이라니! 줄자로 재보니 가로 11.5cm, 세로 18.5cm, 두께 5cm.

어떤 대식가도 만족시킬 만하게 푸짐한, 어떤 미식가도 제 입맛에 맞건 안 맞건 고개를 끄덕일 만하게 세심히 지어진, 이 시전집의 저자 히니는 "서정적 아름다움과 윤리적 깊이를 갖추어 일상의 기적과 살아 있는 과거를 고양시키는 작품을 썼다"는 선정평이 딸린 1995년 노벨문학상 수상자이기도 하다.

늪의 석탄을 캐는 광경에서 "그들이 발가벗기는 한 켜 한 켜 모두 전에 야영한 적 있는 것 같다"며 두근두근해하기도 하고, 히니의 시들에는 그가 나고 자라난 북아일랜드 소택지 마을의 늪, 침니-퇴적층에 관한 묘사가 많다. 히니는 매장량 풍부한 광구에 소속된 광부처럼 복된 시인인데, 시인의 복인 그 퇴적층은 고통에서 헤어날 날 없었던 아일랜드 민중의 삶이 켜켜 긴 늪인 것.

짐승이 되어가는 심정

아침의 공기와 저녁의 공기는 달라

나의 코가 노을처럼 섬세해진다

하루는 세 개의 하루로

일 년은 스물아홉 개의 계절이 있다

나의 입술에 너의 이름을 슬며시 올려본다

나의 털이 쭈뼛 서지만

그런 건 기분이라고 하지 않아

나의 귀는 이제 식사에도 소용될 수 있을 것 같다

호수 바닥을 긁는 소리

중요한 깃털이 하나 빠지는 소리

뱀의 독니에서 독이 흐르는 고요한 소리

너는 죽었는가

노래로 살아나는가

그런데 다시 죽는가

수많은 종을 거느리고 강을 건너지만

강을 건너는 나의 어깨는 너의 것이고

이 어둠을

너의 눈 코 입을 기억하는 일은

나의 것인데

문밖에서 쿵쿵쿵 나를 방문하는 냄새

침이 솟구친다

식탁 위에 너의 피가 넘친다

사랑이라는, 짐승 같은 본능

인간이 아무리 진화해도, 사랑은 동물적인 것이다. 사랑에 빠지면 "코가 노을처럼 섬세해진다". 후각은 가장 동물적인 감각이다. 청각은 그다음이고.

「짐승이 되어가는 심정」은 후각적 표현과 청각적 표현이 두드러진 시다. 그리고, "나의 입술에 너의 이름을 슬며시 올려본다/나의 털이 쭈뼛 서지만/그런 건 기분이라고 하지 않아", 맞다, 그런 건 '본능'이라고 한다.

본능과 후각과 청각이 곤두선, 발정기의 "호수 바닥을 긁는" 물고기, "중요한 깃털이 하나 빠지는" 새, "독니에 독이" 고요히 흐르는 파충류

등등의 수많은 종을 거느리고 건넌단다! 생명의 신비에 닿는 사랑의 이 용트림! 그리고 원초적 애달음.

사랑이라는, 짐승 같은 본능이 드러나는 현상을 감각적으로 그린 이 시를 읽고 나는 풀이 죽는다. 내가 짐승 같다고 느낀 건 배 터지도록 먹어댈 때뿐이었다. 헛살았네요.

그건 그렇고, "하루는 세 개의 하루로/일 년은 스물아홉 개의 계절이 있다"가 무슨 뜻일까? 너무너무 궁금하다만, 다 알려고 하지 말자. 평론가 유종호 선생이 산문집 『과거라는 이름의 외국』에서 이르셨지.

"문학의 세계는 현실의 일상세계와 다른 사사로운 별세계다."

사선의 빛

끊을 건 이제 연락밖에 없다.

비관 속에서 오히려 더 빛났던

문틈으로 삐져 들어왔던

그 사선의 빛처럼

사라져가는 것을 비추는 온정을

나는

찬양한 적이 있었다.

하지만 이제

그 빛이

너무나 차가운 살기였다는 걸 알겠다.

이미 늦어버린 것들에게

문틈으로 삐져 들어온 빛은 살기다.

갈 데까지 간 것들에게

한 줄기 빛은 조소다.

소음 울리며 사라지는

놓쳐버린 막차의 뒤태를

바라보는 일만큼이나

허망한 조소다.

문득

이미 늦어버린 것들로 가득한

갈 데까지 간

그런 영화관에

가보고 싶었다.

속수무책의 외로움

 이 시가 실린 시집 『내가 원하는 천사』는 매 시편이 독자를 강하게, 편안히 끌어당긴다. 독자가 시인들에게 마땅히 기대하는, 예민한 촉수와 사려 깊은 시어들이 도드라지는 시편들. 마치 새 면도날로 싱싱한 흰 살 생선을 살살 발라 맛깔스럽게 접시에 담아놓은 듯, 정갈하고 군더더기 없고 섬세하다. 한마디로 준수한 시집인데, 맹물 같은 준수함이 아니라 뭔가 있어 보이는 준수함이다. 결기도 있고, 비애도 우수도, 환멸도 연민도, 유머센스도.

 "바람이 분다. 분석해야겠다."(「소림사 2」에서)

 이 구절에 허연 시인의 비장의 시작법이 담겨 있지 않을까?

 「사선의 빛」은 『내가 원하는 천사』에 만연한 멜랑콜리와 스플린 (spleen)의 선을 넘은 시다. 이미 늦어버렸다고, 이제는 자기가 이 세상에 거의 속해 있지 않다고, 문 닫아건 방 안에 웅크리고 있는 이에게는 문틈으로 삐져 들어오는 사선의 빛이 낯설고, 적대적으로 느껴질 따름이다. 기웃거리는 문밖의 온정이 조소처럼 느껴질 따름이다. 그도 외롭고, 돌이킬 수 없이 낯설고 적대적이 된, 이미 절연을 결심한(절망적인 토라짐, 하나 남은 슬픈 권세) 이의 근처를 서성일 이도 외롭다. 속수무책의 외로움.

　시인의 외롭고 슬픈 시구가 하나 더 떠오른다.

　"사료 값 안 나온다고 들에 버려진 돼지. 들개처럼 마을을 돌아다니던 돼지. 오래 굶어 코만 돼지고 몸매는 개를 닮았던 그 돼지."(「뭉크의 돼지」에서)

　지난 6월, 마지막 한 마리 남은 갈라파고스 코끼리거북이 100세를 일기로 죽었다는 기사를 신문에서 봤다. 홀아비로 살아온 그의 이름은 조지였는데, '솔리타리오 조지' '론리 조지' '외로운 조지'로 불렸다고 한다. 뭉크의 돼지랑 갈라파고스 조지랑, 어느 쪽이 더 외로웠을까.

의사들

| 김승일 |

이마에 손바닥을 올리고 눈을 감는다. 아닌 것 같다. 맞을 수도 있다. 병원에는 안 갈 것이다.

어떤 것 같아? 사람들이 내 이마를 만지기 시작한다. 이봐요, 뭐라고 말 좀 해봐요. 하나같이 눈을 감고 고개만 갸웃거리네.

사람들이 나 때문에 눈을 감을 때. 나는 눈을 크게 뜬다. 우리들에게 무슨 일이 일어나고 있는 걸까?

그냥 평범한 감기 같아. 비로소 네가 고개를 든다. 그런 것 같애. 한숨을 크게 쉬고, 나는 다음 사람에게 간다. 어떤 것 같아?

나는 겁이 나지만 마스크는 쓰지 않을 것이다. 마스크를 쓴 사람들은 늘 혼자 있었다.

무섭고 쓸쓸한 미성년의 악몽

무척 쓸쓸한 시 「의사들」에서는 대개 사람들이 갖고 있는 근원적 공포가 배어난다. 중병과 고립에 대한 어린애 같은 공포. 삶의 아주 변방에 처하는 데 대한 공포. 정말 중병이면 어떡하지? 화자는 무서워서 병원에도 못 가고 이 사람 저 사람에게 묻기나 한다. 나, 어떤 거 같아? 그런데 "눈을 크게" 뜨고 보니 나만 그런 게 아니라 주변 사람들 다 그런 것 같다. "우리들에게 무슨 일이 일어나고 있는 걸까?". 중병인데 서로 눈을 감고 "평범한 감기"라 그러는 것 같다. 왜냐하면 "마스크를 쓴 사람들은 늘 혼자 있었다". 사람들은 중병에 걸린 사람을 피한다. 그 사람을 죽음보다 앞서 고립시킨다. 아직 병원 갈 용기는 못 내지만 화자는 "살 만하다네!" 지어내지 않고 고개를 갸웃거리며 자꾸 묻고 다닌다. "어떤 것 같아?".

이 시가 실린 시집 『에듀케이션』의 주인공은 아버지를 아빠라 부르는 연배, 즉 미성년자다. 시집 배경도 따라서 미성년의 세계다. 세상 모르고 살았노라, 하는 미성년이 아니라 집에서도 학교에서도 보호받지 못하는 처지의 미성년, 쥐처럼 도둑괭이처럼 쫓기거나 무시당하는 미성년. 세상이 무섭기만 하고, 이루 말할 수 없이 쓸쓸할밖에. 볕 들 날 없는 듯한 그 쥐구멍 세계를 주인공은 "나는 쓸쓸한 내가 마음에 들거든"(「영향력」에서)의 힘으로 개축한다.

세 살 팔자 여든까지 간다고, 무섭고 쓸쓸한 미성년을 보낸 사람은 무섭고 쓸쓸한 성년을 살기 십상이다. 나이를 잔뜩 먹은 뒤에도 세상으로부터 미성년 취급 받는 처지이기 십상이다. 어떤 사람은 성년으로 잘 자랐다가 미성년이 되기도 한다.

『에듀케이션』이 보여주는 미성년의 악몽은 같은 미성년 기억을 갖고 있지 않은 독자라도 마음이 휘뚝거리게 만들 것이다.

푸르른 날

| 서정주 |

눈이 부시게 푸르른 날은

그리운 사람을 그리워하자

저기 저기 저 가을 꽃 자리

초록이 지쳐 단풍 드는데

눈이 내리면 어이 하리야

봄이 또 오면 어이 하리야

내가 죽고서 네가 산다면!

네가 죽고서 내가 산다면!

눈이 부시게 푸르른 날은

그리운 사람을 그리워하자

그리워하라!

워낙 리듬감이 강하기 때문에 굳이 멜로디를 붙이지 않아도, 선율 없는 상태에서도 이미 노래인 시. 「푸르른 날」은 노래로 만들어져 대중적으로도 널리 알려졌다. 송창식이 부른 노래도 절창이고 시도 절창이다.

"저기 저기 저 가을 꽃 자리/초록이 지쳐 단풍 드는데".

하! 초록이 지쳐 단풍 든다니!

한국 시사(詩史)에서 다섯 손가락 안에 꼽을 명품 시구다. 과연 서정주 선생은 언어의 연금술사, 한국어를 자신의 육체에 새긴 시인이다.

그런데, 아름다움이 단순성 안에 있다는 걸 보여주는, 굉장히 단순한 형식의 이 시에서도 삶과 죽음을 항상 겹으로 의식하고 있었던 시인답게 '존재의 유한성'을 환기시키며, 허무감과 그에 따른, 현재 감정에 몰입하자는 쾌락주의를 선동하누나.

이 순간만이 아니다. 시간이 흘러 겨울이면 어때, 봄이면 또 어때, 길이 그대가 그리우리! 그리움의 이러한 시간적 보편성을 따르자면, 이 세상과 저세상으로 나뉘어 있어도 그리워할 수 있다고 4연을 해석할 수도 있다. 하지만 아마도, 둘 중 하나가 죽으면 이 그리움이 다 무슨 소용이랴, 언제 네가 죽을지 내가 죽을지 모르니까 우리 둘 다 살아 있는 이 순간 그리움을 모두 펼쳐내자꾸나, 이것이 시인이 노래한 뜻일 테다.

시의 시작과 끝에 되풀이되는 "그리운 사람을 그리워하자"는 동어 반복이 아니다. '그리운'은 형용사고 '그리워하자'는 동사다. '그립다'는 형용사가 '그리워하다'라는 동사로 바뀔 때 그 과정에서 능동성이 생긴다. 그리운 마음이 생기면 절제하지 말고 그리워하라! 그리움을 폭발시켜라! 눈이 부시게 푸르른 날, 길지 않으리!

미개의 시

튀어오른다. 머뭇거리는 시간의 휘장을 연다. 성년이 된 여인은 건강하고 단순하다. 응시하는 어둠 속 조종은 평화로이 울리고 붉은 정령들의 음악 짐승들은 섭리를 지켜 포효한다. 손톱 부서지고 새들은 알을 쪼아먹고 살찐 땅으로 흐르는 과즙 여인의 젖꼭지에 묻어 있다.

오후는 끝없이 작열하였다. 태양으로 하여 청년의 이마 골짜기보다도 깊고 가장 화려하였던 꽃잎을 문신으로 새긴 처녀들 지붕 위에서 타악기처럼 적막히 소리지른다. 한때 아버지였던 사나이들 앵두나무 꽃가지에 매달려 지평선을 이루며 놀고 있다.

이제 해 지는 언덕에서 불탄다. 무덤이 있는 숲의 상처와 습기들 핥던 사랑 종탑 위의 먼지 높이 날아 허공을 벨 때 아름다운 여인이 쓰러지는 것은 쓰디�쓴 자유를 누림이라 밤이 오면서 지평선은 동트는 곳이 되었고 어둠의 짙은 광채 오랜 세월 공처

럼 튀어올랐던 무릎에 휘감길 때 붉은 지렁이는 그곳에 있어 알

수 없는 세계의 뜨거움과 싸우고 이긴다.

죽음마저 화사하게 만드는 색채감

인공의 기미가 전혀 없는 날것의 자연을 탐미적으로 그린 시다.

"붉은 정령들""가장 화려하였던 꽃잎을 문신으로 새긴 처녀들""해지는 언덕에서 불탄다"…….

붉은, 붉다 못해 검붉은 색채감을 곳곳에서 내뿜으며 죽음이나 늙음마저도 화사하게 만든다. 절정의 단맛을 향해 치달아가는 한여름의 검붉은 자두처럼 한 젊음이 잉잉거리는 신열로 탱탱하다. "아, 나는 얼마나 젊은가! 얼마나 아름다운가!"라고 시 속의 여인이 스스로 매혹되어 저도 모르게 뽐내며 "적막히" 선포하는 소리 들리는 듯하다.

승화, 정말 시 잘 썼었구나!

30년쯤 전 발표한 친구의 시를 찾아 읽으며 새삼 감탄한다. 독보적으로 감각적인 시를 썼던 엄승화. 다정하고 자유분방하고 아름다웠던 그녀. 우리 모두 젊었던 시절, 문단의 '선데이 서울'이라 일컬어졌던 이가 유포한 말이 있다.

"시단에 미녀 삼총사가 있으니, 김경미, 엄승화, 이상희(이름, 가나다 순)로다."

그녀 셋 다 여전히 아름다운데, 엄승화만 글나라에서 멀리 있다. 한 글나라-대한민국에서도 멀리 있다.

"오랜 세월 공처럼 튀어올랐던 무릎에 휘감길 때 붉은 지렁이는 그곳에 있어 알 수 없는 세계의 뜨거움과 싸우고 이긴다."

오래 견딘다는 건 가장 힘든 싸움. 너는 싸웠고, 이긴 것 같다.

봄이면 사고치고 싶다던 승화야, 그곳은 이제 봄이 왔겠지. '9월의 봄'이란 제목, 어떻니? "문득 밀려드는 죽을 것 같은 쓸쓸함, 가슴이 에이는 쓸쓸함"을 무화시키지 말렴! 시를 쓰렴! 엄승화가 드디어 시를 쓴다면, 어떤 시를 보여줄지 매우 궁금하다.

한 세월이 있었다

| 최승자 |

한 세월이 있었다
한 사막이 있었다

그 사막 한가운데서 나 혼자였었다
하늘 위로 바람이 불어가고
나는 배고팠고 슬펐다

어디선가 한 강물이 흘러갔고
(그러나 바다는 넘치지 않았고)

어디선가 한 하늘이 흘러갔고
(그러나 시간은 멈추지 않았고)

한 세월이 있었다

한 사막이 있었다

시간도 공간도 처음과 끝이 있다

현대 물리학자들의 주장에 따르면, 시간도 공간도 처음과 끝이 있다. 즉 유한하다. 그러나 일반인의 생각으로는, 시간도 공간도 끝이 없다. 우리 머리의 감각으로는 이루 헤아릴 수 없이 무량한 시간과 공간. 차라리 시공간이 정말 부한하다면, 어차피 한 섬 먼지같이 삭고 작은 우리 존재가 '영원' 한끝에나마 속할 수 있으련만.

「한 세월이 있었다」는 영원이니 뭐니 하는 내 말을 낭비로, 사치스럽고 치사스런 객설로 만든다. 목소리는커녕 작은 기척이라도 내는 게 큰 무례일 듯한 이 '절대 고독'의 현장을 나는 막막히, 또 먹먹히 들여다본다.

"그 사막 한가운데서 나 혼자였었다/하늘 위로 바람이 불어가고/나는 배고팠고 슬펐다".

　무한한 공간, 무한한 시간 속에서 화자는 자신이 머물렀던 세월(극히 작은 순간)과 공간(극히 작은 지점)을 대비시키며 제 존재의 하잘것없음과 왜소함을 극대화시킨다. "배고팠고 슬펐다"니, 몸 가진 존재가 느낄 수 있는 한껏의 외로움을 이보다 더 천진하게, 이보다 더 잘 표현할 말이 있을까?

　"어디선가 한 강물이 흘러갔고"는 공간의 흐름을, "어디선가 한 하늘이 흘러갔고"는 시간의 흐름을 보여주는 것일 테다. 이 시가 실린 시집의 제목처럼 '쓸쓸해서 머나먼' 풍경이다.

노루목

| 한승오 |

벼이삭 누렇게 출렁대는 가을. 저 너머 콩잎을 찾아 고라니가 논을 밟고 오간다. 어제 남긴 발자국 그 자리에 또 오늘의 발자국을 남기고. 어제와 똑같은 길을 맹목으로 고집하는 내일의 사람처럼.

발갛게 석양을 잠재운 지평선이 논 위에 가만히 내려앉은 저녁. 불쑥 고라니 한 마리가 논 속 평화로운 수평을 뚫고 용수철처럼 솟구친다. 길 잃고 허둥대는 발걸음이 벼를 짓밟고 혼란스럽게 산을 향해 달린다. 길 아닌 두려움에 선 인생처럼.

막 떠난 고라니의 자리. 벼 포기 얼기설기 깔아 만든 하룻밤 잠자리. 야생의 고린내가 훅 다가온다. 도무지 가까이할 수 없는 저 먼 냄새. 도무지 멀리할 수 없는 이 가까운 냄새. 삶의 도정에 남겨놓은 내 치부처럼.

호기심의 첫걸음이 내딛은 길을 따라 딱딱한 길로 굳어버린 습성. 노루목. 고라니는 이 길을 다시 오리라. 죽음마저 불사하는 지독한 어리석음으로. 인생의 노루목을 되새김질하는 나의 발걸음처럼.

경험이 쌀알처럼 딴딴하게

앞부분은 시각적이고 뒷부분은 후각적이다. 어쩜 이리 생생할까! 『시튼 동물기』나 『파브르 곤충기』를 읽던 어린 시절의 설렘이 되살아난다.

「노루목」이 실린 책 『삼킨 꿈』은 전편이 시인의 심성, 시인의 정신, 시인의 발성으로 점철돼 있다. 정영목은 발문에 이리 적었다.

"H는 경험이 쌀알처럼 딴딴하게 응결된 다음에야 일 년에 한 번 쌀 보내주듯 사기 이야기를 하는 사람이다."

그런 것 같아! 나는 고개를 주억거렸다. 『삼킨 꿈』은 "경험이 쌀알처럼 딴딴하게" 익은 글들을 묶은 책이다. 뉘 한 톨 찾아보기 힘들게 정제되기까지 한 이 글들이 어떻게 시가 아니란 말인가? 책장에 딱 부러지게 '시집'이란 패찰을 달지 않은 것이 불만스럽고, 좀 뒤숭숭하기도 해서 하는 말이다.

고라니의 고린내! 재치 있기도 하지. "막 떠난 고라니의 자리"에서 훅 끼치는 "야생의 고린내"라니, 산뜻하기도 하지!

시인과 농부를 한목에 구현하고 있는 한승오의 앞서 낸 책들도 얼른 구해 읽고 싶다.

부기: 고라니가 노루였나? 새로운 사실을 알게 된 기쁨으로 설레며 국어사전을 뒤져 확인해봤다. 노루는 수컷에 뿔이 있고, 고라니는 노루와 비슷한데 암수 모두 뿔이 없단다. 고라니와 노루가 같은 동물이 아닌 것에 약간의 실망을 느꼈다. 그나저나 꼭 한쪽에만 뿔이 있어야 한다면, 고라니가 더 뿔 있을 것 같은 이름 아닌가? '노루'가 더 머리통이 매끈할 듯 들리지 않나?

편지

| 김남조 |

그대만큼 사랑스러운 사람을 본 일이 없다 그대만큼 나를 외롭게 한 이도 없었다 이 생각을 하면 내가 꼭 울게 된다

그대만큼 나를 정직하게 해준 이가 없었다. 내 안을 비추는 그대는 제일로 영롱한 거울, 그대의 깊이를 다 지나가면 글썽이는 눈매의 내가 있다. 나의 시작이다

그대에게 매일 편지를 쓴다

한 구절 쓰면 한 구절을 와서 읽는 그대, 그래서 이 편지는 한 번도 부치지 않는다

나도 아름다워야겠어

"여성의 화장은 본능이며, 여성은 최대한도까지 아름다워야 한다."

'근현대 여성 공간의 탄생'이란 부제가 붙은 산문집 『명동 아가씨』에서 발견한 시인의 발언이다. 산문집 저자가 밝힌 바에 따르면, 여성지 《여원》 1957년 5월호에 실린 화장에 관한 특집기사에서 따왔단다.

3년 1개월의 긴 전쟁이 휴전협정으로 봉합된 게 1953년 7월 27일이니, 1957년이라면 이 땅 대개 주민들이 허리끈을 졸라매고 퀭한 눈으로 거리를 헤맸을 때다. 그 시공간과 거기서 젊은 여성 시인이 던진 앞의 말을 떠올리니 당혹스럽기도 하고 감탄스럽기도 하고, 상쾌하기도 하고 애틋하기도 하다. 어떤 비참 속에서도 아름답고자 하는 열망은 여인과 문화의 힘이며 소명 아닐까? 나도 '최대한도까지 아름다워'겠다는 의욕이 불끈 솟는다.

　이 도발적인 여성 시인은 '정념의 시인' '사랑의 시인'이라 불릴 정도로 수많은 사랑 시편을 지었는데 「편지」는 그중 하나로 널리 알려져 있다. 넘치는 기교도 부리지 않고, 유사시어 같은 것과는 거리가 먼 쉽고 명확한 말로 사랑의 격앙을 나직나직 결연히 토로하는, 풋풋한 감성의 이 사랑 노래를 읊조리며 생각해본다. 사랑은 감정일까 감성일까. 사랑이란 '그대'에게 품은 환상의 결정작용이다, 라는 말은 사랑의 산전수전 다 겪고 인생의 신맛 쓴맛 다 본 노인들이나 웅얼거리라지. 청춘들은 무조건, 최대한도까지 사랑의 시를 즐겨 읽고 즐겨 읊었으면 좋겠다. 자기에겐 사랑이 사치라고 생각하는, 기죽은 오늘 청춘들⋯⋯.

엘리엇 생각

내가 짧은 능력과 식견으로 돼먹지 않은 두 편의

미간행 장시를 발표한 것은 1980년대 말과

1990년대 초, 나는 당신을 닮고 싶었던 것.

그러나 될 일도 될 턱도 없어 가슴에 묻고

예이츠도 키츠도 셰이머스 히니도 딜런 토마스도 아닌

많은 시인들 가운데 또 김수영도 정지용도 미당도 이상도 아

닌

그 숱한 위대한 시인들 가운데 유독 당신 하나만을

칭송케 되었는데

어느 해 크리스마스 무렵 술 취해 막 이사한 아파트를 못 찾

아

택시에서 어추어추 30분 이상 헤맬 때

당신의 시 「네 사중주」의 일 절 우리가 부단히 애써 인생을

살면

　처음인 그 끝자리로 돌아오게 되리란 구절이 떠올라

　곧장 택시 내린 곳으로 돌아와

　뒤돌아 정반대 방향으로 걸어 성큼 집으로 찾아 들어갔던 것.

　혹시 이런 모습을 시인이 내려다보고 있지나 않을까 해서

　일순 계면쩍어하면서.

술과 헤비메탈과 SF소설을 사랑했던 시인

1980년대 말과 1990년대 초에 발표했다는 시인의 미간행 장시가 궁금하다. '도시서정'이라는 말이, 요즘의 '미래파'만큼은 아니지만, 우리 시단에 회자되던 시절이었다. 윤성근은 이 도시, 서울의 "착란과 착란으로 얼빠진 얼굴들"(엘리엇의 「네 사중주」에서)의 잿빛 그림자를 시니컬하게, 그러나 유머러스하게 보여준 시인이었다. 참으로 유니크한 시를 썼던 이이가 생전에 마지막 시집을 낸 게 1992년이니, 20년 가까이 그는 대체 왜 침묵했단 말이냐? 하긴 20년이란 어마어마하게 긴 시간이지만, 너무도 짧은 하루들의 한 덩어리일 따름이다. 20년, 금방이다. 아주 가끔, 윤성근 씨는 이제 시 안 쓰나 생각했을 뿐, 20년이나 지난 줄 나도 몰랐다. 미안하다…….

「엘리엇 생각」이 실린 『나 한 사람의 전쟁』은 유고시집이다. 절박한 병상에서 쓴 시들이 어찌나 맑고 따뜻하고, 꾸밈없고 거침없는지! 「엘리엇 생각」도 찬물을 들이켜듯 시원스레 썼다. 만취해서도 시를 줄줄 이 욀 정도라니. 엘리엇에 대한 시인의 순정이 미소롭다.

친할 기회가 없었던 나는 그를 '차도남' 혹은 '까도남'이라 생각했었 는데, 『나 한 사람의 전쟁』을 보고 좀 놀랐다. 실은 이렇게 정 많고 온유 한 사람이었구나! 내가 받은 그 인상은 그의 수줍음 때문이었나? 아니 면, 그의 시에서 받아온 인상 때문?

그가 소장한 SF소설을 한 트렁크씩 몇 차례 빌려 본 기억이 난다. 그 의 아내를 통해 빌린 것이지만, 그가 아주 까칠한 사람은 아닐지도 모 른다고 그때 생각했던 듯하다.

술과 헤비메탈과 SF소설을 사랑했던 시인, 윤성근.

삼가 명복을 빈다.

내 안에 구룡포 있다

갯바람보다 먼저 구룡포의 너울이 밀려왔다

너울 위에 춤추던 열엿새 달빛이 방 안 가득 고인다

밤은 검은 바다를 벗어놓고

내항을 건너고 있었다

적산가옥 낡은 골목을 지나

밤은 꿈을 건지는 그물을 들고 있다

너는 구룡포였으니 와락 껴안아도 좋을 밤이었다

내항을 내려다보는 비탈에 매월여인숙은 위태롭다

해풍이 얼마나 거칠었으면 구룡포

올망졸망 작은 거처들을 열매로 매달고

어판장 왁자한 웃음들 꽃으로 피웠을까

켜지지 않은 집어등 초라한 배경 위에

구룡포 잠시 머물다 떠난

사람들 아름다워 목이 메었던 것이다

너는 구룡포였으니 와락 껴안아도 좋을 웃음이었다

목이 멜 정도로 아름다운 밤의 포구

　내항이 내려다보이는 비탈 위, 화자가 머문 여인숙도 그 골목의 다른 집들처럼 식민지시대에 지어진 적산가옥이었겠다. 해풍 거친 밤. 고깃배들은 집어등을 끈 채 옹기종기 모여 있고, 선창가 술집들은 불콰한 어부들로 왁자하다. 어쩌면 화자는 거센 바람에 '위태로운' 여인숙에 들기 전에 그중 한 술집에 들렀을지 모르겠다.

　달빛이 환히 들어찬 여인숙 방, 화자는 전등을 켜는 것도 잊은 채 창가로 달려가 유리창을 활짝 열어젖힌다. 와락 갯바람과 더불어 열엿새 달빛 너울거리는 바다가 밀려들어온다. 목이 멜 정도로 아름다운 밤의 포구, 포구의 밤!

「내 안에 구룡포 있다」는 사랑의 대상을 구룡포라는 장소에 일치시키고, 그 대상을 몸속에 새긴 서경시이자 사랑의 시다. 그대가 있어 와락 아름다웠던 구룡포, 그 완벽한 시공간! 어찌 잊으리.

나는 태양에게 다시 인사하겠다

나는 태양에게 다시 인사하겠다

내 안에서 흐르던 개울에게도

내 오랜 생각이었던 구름들에게도

나와 함께 가뭄의 계절을 견뎠던

정원 사시나무들의 고통스러운 성장에게도

밤이 스며든 밭의 향기를

나에게 선물로 가져왔던

한 떼의 까마귀들에게도

거울 속에 살고 있던

내 늙은 모습을 하고 있던 어머니에게도

내 반복되는 욕망 속에서 자신의 뜨거운 열기를

푸른 씨앗으로 채웠던 땅에게도

나는 또다시 이들 모두에게 인사할 것이다

나는 오고 있다

나는 오고 있다

나는 오고 있다

내 머릿결과 함께

땅 밑에서 물씬 풍기는 냄새

내 두 눈과 함께

어둠의 빽빽한 경험들

담장 너머 숲에서 꺾은 꽃다발 들고

나는 오고 있다

나는 오고 있다

나는 오고 있다

문지방은 사랑으로 넘친다

그 문지방에서 나는 사랑하는 사람들에게

그리고 아직 그곳,

사랑 넘치는 문지방에 서 있었던 그 소녀에게

또다시 인사할 것이다

뜨겁고 강인한 사랑의 레지스탕스

'페르시아 문학 천 년 역사에서 가장 중요한 여류 시인', '20세기 페르시아 시의 정점'이라는 파로흐자드의 시를 처음 접한 건 키아로스타미 감독의 영화 〈바람이 우리를 데려다 주리라〉에서다.

"나의 작은 밤 안에, 아/바람은 나뭇잎들과 밀회를 즐기네/나의 작은 밤 안에/적막한 두려움이 있어//들어보라/어둠이 바람에 날리는 소리가 들리는가/나는 이방인처럼 이 행복을 바라보며/나 자신의 절망에 중독되어 간다".

자막으로 시구가 흐르는 동안 설핏 전율이 몸을 훑던 기억이 새롭다.

여성에게 극도로 억압적인 이슬람사회의 완고한 중산층 가정에서 태어난 파로흐자드는 구속을 벗어나고자 열여섯 살 어린 나이에 이웃에 사는 풍자만화가와 결혼을 감행한다. 남편은 파로흐자드의 예술혼을 지원하고 격려해주는 사람이었으나, 파로흐자드의 자유분방한 행색과 그에 따른 주변 사람들의 비난이 원인이 돼 3년 뒤 이들은 헤어지게 된다. 그 뒤 파로흐자드는 더욱 거침없는 자유를 구가하며 시를 꽃피웠다.

파로흐자드의 시는 거의 사랑을 노래한다. 자주, 감탄스러울 정도로 용감하게 성애(性愛)를 묘사하고, 성적으로 연인을 그리는 그 시들이 어찌나 유려한지! 남성만이 인간답게 살 수 있는 그 사회에서 파로흐자드에게 시는 '자기표현의 수단이자 사회적 저항의 수단'이었던 것이다.

파로흐자드, 솔직하고 용감한 사랑의 영웅, 뜨겁고 강인한 사랑의 레지스탕스! 하지만 늘 비난과 공격 속에서 살자니 그 긴장과 피로가 어떻겠는가? 그것도 단지, 다른 사회에서라면 말거리도 안 될, 여자가 자연스러운 욕구를 가졌다는 이유로.

「나는 태양에게 다시 인사하겠다」는 된통 상처 입고 꺾였던 파로흐자드의 이면을 보여준다. 그러나 그녀는 태양이 다시 떠오르듯 회복한다. "나는 오고 있다/나는 오고 있다/나는 오고 있다". 반복어가 리듬을 갖고 상승작용을 한다. 화자는 어린 여신처럼 차분히 몸을 일으켜, 태양의 앵글로 내부의 풍경을 쫘악 훑으며 하나하나 새 숨을 불어넣는다. 이래저래 아름다운 시!

무사하지 않은 채,
우리는 생을 통과한다

김중식 「엄마는 출장중」 / 왠지 울컥, 해진다

김영태 「과꽃」 / 음악이 너무 좋아 행복감에 빠진 연주

김경인 「자화상을 그리는 시간」 / 참고 참았던 말

윌리엄 버틀러 예이츠 「헤매는 잉거스의 노래」 / 나방 같은 별들 멀리서 반짝이는 여름

이원 「목소리들」 / 꼼지락꼼지락

박경희 「상강」 / 된서리 내린 그 슬픔과 아픔

에드거 앨런 포 「애너벨 리」 / 그녀를 덮은 낡은 외투 한 장

유하 「참새와 함께 걷는 숲길에서」 / 무사하지 않은 채, 우리는 생을 통과한다

이창기 「즐거운 소라게」 / 고둥껍질을 업은 소라게처럼

신현락 「고요의 입구」 / 곡선은 고요하고 나는 뾰족뾰족하다

박재삼 「가난의 골목에서는」 / 달빛에도 눈물이 묻어 있다

이현승 「있을 뻔한 이야기」 / 아무것도 없는, 아무것도 아닌

최정례 「냇물에 철조망」 / 물은 100도가 돼야 끓는다

엄마는 출장중

또 석 달 가량 집을 비우신단다

산 사람 목에 거미줄 치란 법은 없는 모양이군, 나는 생각했다

집 앞이 집 앞이니만큼

질펀한 데서 허부적거리다가 저녁에 들어오니

그저께 밥상보 위의 흰 종이

머리라도 자주 빗어넘기고

술 한잔도 두세 번에 나누어 마시거라

엄마 씀.

잠은 좀 집에서 자고

아무리 이래도 저래도

한世上 한平生이라는 각오를 했지만

내 삶이 점차 생활 앞에서 무릎꿇고 있다

한량 생활도 사는 건 사는 건데 이건 아닌 것 같고

치욕 없이 밥벌이할 수 있으리요마는 나는 이제 밥벌이 앞에서

性고문이라도 당할 용의가 있다는 생각을 해본다

밥상 앞에서

먹고 사는 일처럼

끊을 수 있는 인연이 따로 있을 거라는 생각을 했다

내가 감기 들면 몸살을 앓으시는 어머니

아! 한가하면 딴생각 드는 법

또 석 달 가량 나는 自由다, 라고 외치자꾸나, 내 젊음에 후회
는 없다, 라고

그런데 냉장고에 양념된 돼지 불고기가 있어서 그만

엄마, 소리만 새어나왔다.

왠지 울컥, 해진다

뭐, 달리 토를 달 것 없이 선명하게 상황이 읽히는, 재밌게 쓴 시다. 읽기에는 재밌지만 그 속살이 쓰라리다. "이래도 저래도/한世上 한平生"이라든가, "내 젊음에 후회는 없다"고 옛날 가요 가락을 섞으며 짐짓 취생몽사 한량의 객기를 부리지만, 술 냄새가 펑펑 나는 명정(酩酊) 상태에서도 정신 명징한 청년이, "나는 이제 밥벌이 앞에서/性고문이라도 당한 용의가 있다는" 독한 마음을 먹어도 해결이 안 되는 '생활'의 징그러움이여.

김중식은 "질펀한 데서 허부적거리"는 이야기도 사뭇 건조하게 그러나 감칠맛 나게, 절제된 언어로 길게 시를 끌고 나가는 힘이 센, 소금 같고 보석 같은 시인이다.

1993년 5월 15일 초판 발행……. 벌써 그렇게 됐나. 시집 『황금빛 모서리』를 읽다가 나도 모르게 긴 숨을 토하면서 책장을 덮고 만지작거린다. 조금 닳아 있는 시집 모서리를 나도 모르게 문지르고 긁다 보니 조금 뭉개졌다.

"내가 아프면 당신도 앓으시는 어머니께 이 시집을 바칩니다." 이 헌사는 어렴풋이 기억에 있다. "그래도 한때는 최선을 다해 방황했다"는 자서(自序) 한 구절이나 뒤표지 글의 "내 삶이 가자는 대로 갔다면 나는 이 자리에 없어야 한다"는 처음 읽는 듯하다.

김중식은 지금 이란에 있다고 한다. 왠지 울컥, 해진다.

김중식, 우리의 랭보⋯⋯. 뭐냐? 랭보를 넘어서야지! 그대는 아직 살아 있고, 살아갈 것이고, 그러니 계속 시를 끌고 가야지! (내가 좀 주제넘었나?)

과꽃

과꽃이 무슨

기억처럼 피어 있지

누구나 기억처럼 세상에

왔다가 가지

조금 울다 가버리지

옛날같이 언제나 옛날에는

빈 하늘 한 장이 높이 걸려 있었지

음악이 너무 좋아 행복감에 빠진 연주

"김영태는 자신의 내면에서 꿈꾸고 있는 단어들을 끄집어내는 놀라운 몽상가다. 그의 시는 짧다. 단어에서 허식을 제거하고 단어의 에너지를 통째로 끌어냈기 때문이다. (……) 이미지는 존재가 정성을 다하여 비의지에 자신을 내맡기는 순간에 포착된 의지이다. 이러한 비의지의 의지를 우리는 시선의 명상이라고 부를 수 있다. 시선의 명상이 삶의 지평선을 열어준다. 그리고 명상의 바탕은 연애감정이다. 본능의 역량을 간직하고 있는 사람들만이 이미지의 아름다움을 느낄 수 있는 것이다."

이 시가 실린 시집 『누군가 다녀갔듯이』에 평론가 김인환 선생이 붙인 해설에서 길게 옮겼다. 아름다운 시편들과 시편들만큼이나 아름다운 해설을 읽으며, 감흥과 더불어 두 분 모두에게 살포시 부러움을 느꼈다. 그 음악이 너무 좋아 행복감에 빠진 연주!

「과꽃」은 누구나 쉽게 접근할 수 있는 과꽃의 형태, 빛깔, 향기에 관해 한 마디도 하지 않고 '과꽃'의 다른 경지를 보여준다. "기억처럼 피어 있"는, "조금 울다 가버리"는, "빈 하늘 한 장이 높이 걸려 있"는. 자기 세계에 한없이 집중돼 있는 김영태 선생의 그 순수하고 아스라한 과꽃. 김영태 선생의 시들은 썰렁한 듯하면서 운치가 있다. 사실적으로 그린 풍경인데 추상적인 아름다움이 느껴져, 몇 번이고 새라새롭게 곱씹을 맛이 난다. 해설에 또 기대자면, "절제가 풍요로 전환되"어서 그럴 것이다.

시, 음악, 무용 등의 아름다움 앞에서만 무릎꿇었던 기사(騎士). 원치 않는 건 절대 하지 않고, 자기와 자기 둘레의 작은 것들을 소중히 여기며 살았던 시인 김영태. 선생님은 세련되고 우아한 성향이셨지만, 그래서 더욱 인상 깊었다. 언젠가 한 번 함께 먹은 육개장, 그리고 터프한 운전.

자화상을 그리는 시간

선생님, 여기는 국경입니다.

어두운 밤 희미한 국경을 지키는 수비대처럼

나는 몇 개의 선이 다시

정해지기를 기다리고 있습니다.

그래요, 다툼은 늘 있죠.

눈을 감으면 하얀 종잇장 위로

눈과 코와 입이 점령군처럼 몰려오고

나의 손은 속수무책 들끓습니다.

어제의 채굴꾼들은 일손을 놓고 말합니다.

파헤쳐도 도무지 아무것도 없어,

산산조각 난 거울 조각이구나

자기 그림자에 반한 정물이구나

너의 핏줄은 나의 것처럼 붉고

너의 심장은 내 안에서 두근거린다.

너의 바닥에서 일렁이는 저것은 무엇인가

너의 유물은 무엇인가

선생님, 진심을 다해

당신과 피를 나누고 싶어요.

모든 색깔을 다 먹어치우고 검정을 이해하게 된 물고기처럼

그러나 사실은 검정을 모르는 물고기처럼

여러 개의 표정이 얼굴 위에 앞다투어 떠오를 때

두려움을 감추려 더욱 잔인해지는 병정들을

일사불란하게 다뤄야 하는 장수처럼

당신은 나의 아슬아슬함 속에.

빛과 어둠이 섞이는 은회색의 혼돈을 친화라고 부르듯이

모래알과 모래알이 서로를 모르는 채 해변을 완성하듯이

당신이라는 먼지 속에서

나는 떠오르면서

먼 초록이 가까운 초록을 다 잊기까지

망설임 속에서 놓일 자리를 찾는 바둑알의 심정으로

색깔 안에 나를 구겨 넣는 시간입니다.

선생님, 여기는 국경입니다.

이제 곧 그어질 몇 개의 철책 속에

나는 가득 담기고

나는 비로소 다시 태어나고

나는 나의 바깥을 향해

빙긋 웃습니다.

총을 겨누듯이

참고 참았던 말

시의 다른 부분과 어우러지지 않는 듯한 4연을 읽고 또 읽어본다.

너의 핏줄은 나의 것처럼 붉고
너의 심장은 내 안에서 두근거린다.
너의 바닥에서 일렁이는 저것은 무엇인가
너의 유물은 무엇인가

갑자기 이게 웬 애먼 말씀일까. 처음엔 난감했는데, 두 가지 해석의
눈과 코와 입이 떠오른다. 그중 아슬아슬한 해석은, 이 뜬금없어 보이
는 구절이야말로 이 시의 단서라는 것이다. 시인이 숨기고 있는, 정작
하고 싶었으나 참고 참았던 말이라는 것. 그 경우, 다른 부분들은 4연
에서 기인한 화자의 불안하게 들끓는 마음 상태를 보여준다. '자화상을

그리는 시간'이 지금까지 믿었던 선을 다 지워버리고 나를, 그리고 우리(너와 나) 관계를 새로이 정립하고 싶은 시간이 되는 셈이다.

좀 덜 아슬아슬하게 해석하자면, 4연은 '자기 그림자에 반한 정물'이라 폄훼당한 시인의 제 시에 대한, 제 그림자에 대한 불현듯 치밀어 오른 사랑 노래라는 것. 이렇게 생생히 붉고 두근거리고 일렁이는데, 채굴꾼들은 왜 "파헤쳐도 도무지 아무것도 없"다는 걸까? 다툼이야 늘 있던 거지만……

"망설임 속에서 놓일 자리를 찾는 바둑알의 심정으로" '자화상을 그리는 시간'. 나, 오늘의 채굴꾼은 동업자로서, 정교한 표현들이나 긴 호흡이 부럽다는 말씀을 드리고 싶다. 그걸 그냥 음미하지 못하고 이렇게 '공부' 비슷한 걸 하누나.

헤매는 잉거스*의 노래

나 개암나무 숲으로 갔네.

머릿속에서 타는 불 있어

나뭇가지 꺾어 껍질 벗기고,

갈고리 바늘에 딸기 꿰고 줄에 매달아,

흰 나방 날고

나방 같은 별들 멀리서 반짝일 때,

나는 냇물에 그 열매를 던져

작은 은빛 송어 한 마리 낚았네.

돌아와 그걸 마루 바닥에 놓고

불을 피우러 갔지.

그런데 뭔가 마룻바닥에서 바스락거렸고,

누가 내 이름을 불렀네:

송어는 사과꽃을 머리에 단

어렴풋이 빛나는 아씨가 되어

내 이름을 부르곤 뛰어나가

빛나는 공기 속으로 사라졌네.

우묵한 땅 솟은 땅을 헤매느라고

비록 나 늙었어도,

그녀 간 곳을 찾아내어

입 맞추고 손 잡으리:

그리하여 얼룩덜룩 긴 풀 사이를 걸으며

시간과 세월이 다할 때까지 따리라,

달의 은빛 사과,

해의 금빛 사과들을.

* 아일랜드 신화에 나오는 미와 사랑의 신

나방 같은 별들 멀리서 반짝이는 여름

대개 내 또래 대한민국 사람은 청소년기에 예이츠의 시 한 편을 감상할 수 있었다.

나 이제 일어나 가리, 이니스프리로 가리
거기 외 엮어 진흙 바른 오두막 짓고
아홉 이랑 콩을 심고, 꿀벌통 하나 두고,
벌들 잉잉대는 숲속에 홀로 살으리

이렇게 시작되는 「이니스프리 호도(湖島)」가 중학교 국어과 국정교과서에 실려 있었다. 이니스프리라는 지명도 상큼했고, 지금 여기를 떠나 혼자 어디론가 가리라는 정서도 와 닿았고 리드미컬해서, 내 사춘기 시심(詩心)을 달콤하게 건드렸던 기억이 난다.

내 또래 대한민국 사람이 청년이 됐을 때, 예이츠의 시 「술 노래」 한 구절을 흔히 볼 수 있었다. "술은 입으로 들고/사랑은 눈으로 든다"가 한 주류회사의 광고 문구로 쓰였기 때문이다. 그리고 내 또래 대한민국 사람이 삼십대 막바지로 접어들 때, 예이츠 시의 한 조각이 별똥별처럼 떨어졌다. 어떤 이는 보고 어떤 이는 못 보았을 것이다. 중년의 애절한 사랑을 그린 영화 〈메디슨 카운티의 다리〉에서, 클린트 이스트우드가

메릴 스트립에게 만나기를 청하는 쪽지에 적은 "흰 나방 날고/나방 같은 별들 멀리서 반짝일 때". 바로 「헤매는 잉거스의 노래」 한 구절이다. 흰 나방이 나니 여름이겠지. 나방 같은 별들 멀리서 반짝이는 여름이라면 오후 여덟 시쯤?

「헤매는 잉거스의 노래」는 독자를 일상 현실에서 사뿐 뛰어올라, 몽롱하고 아름다운 신화적(동양으로 치면 도가적?) 세계로 끌려들어가게 하는 시다. "머릿속에서 타는 불 있어", 그것은 아마도 사랑의 열망이겠지. 그 열망으로 헤매는 마음을 달래려고 어두운 밤 홀로 숲에 들어가 낚시를 한다. 이태백이 놀 만한 유유하고 청정한 환경이다. 그만한 여유가 예이츠의 시와 삶에 낭만을 허했을 것이다.

비의적 에로티즘의 향기가 싱싱한 비린내처럼 피어오르는 시 「헤매는 잉거스의 노래」를 한 번 더 읽어본다. 생각이 〈메디슨 카운티의 다리〉로 돌아간다. 나흘간의 사랑 뒤 영이별을 한 주인공들의 심경이 이렇지 않았을까?

"비록 나 늙었어도/그녀 간 곳을 찾아내어/입 맞추고 손 잡으리:/그리하여 얼룩덜룩 긴 풀 사이를 걸으며/시간과 세월이 다할 때까지 따리라./달의 은빛 사과,/해의 금빛 사과들을."

목소리들

돌, 거기까지 나와 굳어진 것들

빛, 새어 나오는 것들, 제 살을 벌리며

벽, 거기까지 밀어본 것들

길, 거기까지 던져진 것들

창, 닿지 않을 때까지

겉, 치밀어 오를 때까지

안, 떨어질 곳이 없을 때까지

피, 뒤엉킨 것

귀, 기어 나온 것

등, 세계가 놓친 것

색, 파헤쳐진 것, 헤집어놓은 것

나, 거울에서 막 빠져나오는 중,

　늪에는 의외로 묻을 게 많더군

너, 거울에서 이미 빠져나온,

　허공에도 의외로 묻힌 게 많군

눈, 깨진 것, 산산조각 난 것

별, 찢어진 것

꿈, 피로 적신 것

씨, 가장 어두운 것

알, 거기에서도 꼭 다문 것 격렬한 것

뼈, 거기에서도 혼자 남은 것

손, 거기에서도 갈라지는

입, 거기에서도 붙잡힌

문, 성급한, 뒤늦은, 때늦은

몸, 그림자가 실토한 몰골

신, 손가락 끝에 딸려 오는 것

꽃, 토사물

물, 끓어오르는

칼, 목구멍까지 차오른

흰, 퍼드덕거리는

꼼지락꼼지락

이것은 개인어사전인가? ㄱ(겉, 귀, 길, 꽃, 꿈), ㄴ(나, 너, 눈), ㄷ(돌, 등), ㅁ(몸, 문, 물), ㅂ(벽, 별, 빛, 뼈), ㅅ(색, 손, 신, 씨), ㅇ(안, 알, 입), ㅊ(창), ㅋ(칼), ㅍ(피), ㅎ(흰). 자음글자 열네 개에서 ㄹ, ㅈ, ㅌ이 빠졌군.

어느 글에선가 장정일이 썼듯이 소설이든 시든 수필이든 모든 문학 텍스트는 개인어사전이다. 그러한즉, 앞의 말머리는 애초에 하나마나 한, 그저 내 둔한 머리를 풀기 위한 꼼지락거림이다. 내 어설픈 꼼지락 거림이 한 상 잘 차린 시의 이 진수성찬을 꾸드러지게 만들까 봐 조바심 내면서 또 꼼지락꼼지락.

「목소리들」은 정신분석의 자유연상을 떠올리게 하는 시다. 그런데 형식이 그렇다뿐이지 내용은 정반대다. '자유연상'은 말 그대로 '의식적 통제를 중지'시켜야 하는 것인데, 「목소리들」은 팽팽하게 의식을 통제하고 있다. 베테랑 잠부(蠶婦)가 '거기까지' 닿도록 숨을 참듯이.

이원은 상상력을 집요할 정도로 끌고 나가서 그것을 정교하게 '그리는' 시인이다. 「목소리들」을 전시회 제목이라 치고 시인이 프로듀스한 대로 둘러보자. 각 행을 시작하는 명사들은 그림 제목이다(맨 뒤 행의 '흰'만 형용사인데, '퍼드덕거리는'은 「목소리들」을 아우르는 공감각적 색조다). 명사들-사물들의 목소리들을 그림으로 펼친 시라! 이원 시의 큰 매력은 새라새로운 형식, 그리고 관념이라는 질료를 마치 진흙이나 되는 듯이 갖고 노는 듯한 기교다. 끝까지 정신을 놓지 않는 집요함, 의식의 임계점에서는 관념이 꿈틀거리며 구체적인 형상을 만드나 보다.

"나, 거울에서 막 빠져나오는 중", "너, 거울에서 이미 빠져나온". 너는 또 하나의 나인가? 나는 허공에 있다. 거울이라는 허상에서 빠져나와.

나와 너, 혹은 나와 '나'가 부딪쳐서 생기는 '관계'에서 파생하는 극명한 현실 현상의 세목들을 「목소리들」은 연계성이나 개연성, 감정을 생략하고 토막토막 제시하는데, 문득 휴거 현장을 목도하는 듯하다. 환희에 찬 휴거가 아니라 "등, 세계가 놓친 것"들이 산산이 날아가는 휴거를. 시인의 "칼, 목구멍까지 차오른" 앙망과 절망!

상강(霜降)

| 박경희 |

낼모레면 칠십 넘어 벼랑길인디

무슨 운전면허여 읍내 가는디 허가증이 필요헌가

당최 하지 말어 저승 코앞에 두고 빨리 가고 싶은감?

어쩨 할멈은 다른 할매들 안 하는 짓을 하고 그랴

워디 읍내에 서방 둔 것도 아니고 왜 말년에

개 풀 뜯어 먹는 소리여

오 개월 걸려 딴 운전면허증에

한 해 농사 품삯으로 산 중고차 끌고 읍내 나갔던 할매

후진하다 또랑에 빠진 차 붙들고

오매, 오매 소리에 초상 치르는 줄 알고 달려왔던 할배

그리 말 안 듣더니 일낼 줄 알았다고 고래고래 소리 지르다가

풀린 다리 주저앉히고 다행이여, 다행이여

혼잣말에 까딱까딱 해 꺼진다

된서리 내린 그 슬픔과 아픔

상강은 24절기 중 하나로 한로(寒露)와 입동(立冬) 사이, 10월 24일경에 있다. 어…… 지금껏 입동의 한자가 入冬인 줄 알았는데…… 立冬이네요!(제 무식에 깜짝 놀라셨다면 죄송)

국화 떨어지고 서리 내린다는 상강, 인간의 나이로 치면 60에서 70 사이. 풋풋하게 젊은이들, 인생의 청명(淸明)이나 곡우(穀雨)에 앉아 있는 이들은 상강의 애환, 된서리 내리는 그 슬픔과 아픔을 모르리. 농촌 마을에서 벌어진 노익장 할머님의 에피소드를 재미나게 펼친 시에 제목을 '상강'이라 붙이니 깊이가 더해진다.

이 시가 실린 『벚꽃 문신』은 대개 우리 삶에서 아득히 먼 농경사회를 '살냄새' 나게 생생하고도 싱싱히, 푸근하게 보여준다. 단 한 편도 허술하지 않은, 보식상자 같은 시집!

농부의 딸이며 그 자신 '건달 농부'인 박경희는 내공이 두툼한 시인이다. 소재를 잡아채는 날렵함과 능청스럽고 '걸판지게' 이야기를 끌어가는 힘, 충청도 사투리로 들려주는 그 이야기 맛에 정신 팔린 독자가 자칫 간과할 수도 있을 세련된 기교! 간추리자면, 자연스럽고 건강한 야성과 세련된 지성을 겸비한 시인, 박경희!

악독하게 추운 나날이다. 추위에 약한 사람들은 기온이 영하 10도 정도로 떨어지면 미친 듯이 졸립다. 겨울잠을 부르는 오늘 날씨, 박경희의 후끈한 시 한 편을 보너스로 소개하겠다. 『벚꽃 문신』은 배경이 농촌인 만큼 24절기를 제목으로 한 시가 여럿이다. 그중 「말복(末伏)」.

"계 모임에서 옻닭 먹고 온 엄니 밭머리에서 게트림 길게 하고 연거푸 이를 세 번 닦았다는데, 옻 안 타는 엄니 옻 잘 타는 아부지 앞에서는 숨도 제대로 쉴 수 없었다고, 멀찌감치 떨어져 다니던 엄니가 뒷간 들어갔다 나온 뒤, 아부지 들어가고 똥김도 빠지지 않았는데 그 위에 쭈그려 앉았다고, 밤새 간지러움에 뒤척이다가, 자 어매 여 좀 봐봐 엉덩이 까 보여주자 거시기며 엉덩이가 벌겋게 오돌도돌 옻이 올랐다고, 니미 어떤 인간이 옻닭 처먹었느냐고 똥을 싸도 날 지나 싸지 왜 내 앞에 싸고 지랄이냐고, 옻 똥김 지대로 맞았다고 사흘 밤낮 벅벅 긁다가 세 들어 사는 집 구석구석 살폈다는데 수시로 빤쓰 속에 손 드나드는 통에 동네 아낙 여럿 낯 붉어졌다는데 한동안 대숲 뒷길로만 다녔다는데, 말도 못하고 쥐 죽은 듯 몸 사리며 가끔 아부지 빤쓰에 손 집어넣고 원하는 곳 시원하게 긁어줬다는 엄니".

애너벨 리

옛날 아주 옛날

바닷가 어느 왕국에

당신이 아실지도 모를 한 소녀가 살았지.

그녀의 이름은 애너벨 리—

날 사랑하고 내 사랑을 받는 일밖엔

아무 생각이 없었네

바닷가 그 왕국에선

그녀도 어렸고 나도 어렸지만

나와 나의 애너벨 리는

사랑 이상의 사랑을 하였지

천상의 날개 달린 천사도

그녀와 나를 부러워할 그런 사랑을.

그것이 이유였지, 오래 전,

바닷가 이 왕국에선

구름으로부터 불어온 바람이

내 아름다운 애너벨 리를 싸늘하게 했네.

그렇게 명문가 그녀의 친척들은

그녀를 내게서 빼앗아갔지.

바닷가 왕국

무덤 속에 가두기 위해.

천상에서도 우리의 반쯤밖에 행복하지 못했던

천사들이 그녀와 나를 시기했던 탓.

그렇지! 그것이 이유였지(바닷가 그 왕국 모든 사람이 알듯).

한밤중 구름으로부터 바람이 불어와

나의 애너벨 리를 싸늘히 숨지게 한 것은.

하지만 우리들의 사랑은 훨씬 강한 것

우리보다 나이 먹은 사람들의 사랑보다도—

우리보다 현명한 사람들의 사랑보다도—

그래서 천상의 천사들도

바다 밑 악마들도

내 영혼을 아름다운 애너벨 리의 영혼으로부터 떼어놓지 못

했네.

달도 내가 아름다운 애너벨 리의 꿈을 꾸지 않으면 비치지 않네

별도 내가 아름다운 애너벨 리의 빛나는 눈을 보지 않으면 떠

오르지 않네

그래서 나는 밤이 새도록

내 사랑, 내 사랑, 나의 생명, 나의 신부 곁에 누워만 있네

거기 바닷가 그녀의 무덤에서—

파도소리 들리는 바닷가 그녀의 무덤에서—

그녀를 덮은 낡은 외투 한 장

이 시의 주인공 애너벨 리의 모델은 포의 부인이자 사촌인 버지니아라고 한다. 포와 버지니아는 1836년에 결혼했다. 포의 나이 26세, 버지니아는 14세였다. 병약했던 버지니아는 극심한 가난 속에 살다가 1847년에 폐결핵으로 죽었다. 그 2년 뒤인 1849년은 「애너벨 리」가 쓰여진 해이며, 포가 알코올 중독으로 사망한 해이기도 하다.

그래서 나는 밤이 새도록
내 사랑, 내 사랑, 나의 생명, 나의 신부 곁에 누워만 있네
거기 바닷가 그녀의 무덤에서—
파도소리 들리는 바닷가 그녀의 무덤에서—

몽환적이어서 그 애절(哀切)이 독자의 가슴을 더욱 후벼 파는, 치명

적으로 아름다운 시.

버지니아가 죽었을 때 덮은 건 포의 낡은 외투 한 장이었다고 한다. 그토록 절망스런 가난을 겪으면 삶에 대한 원한과 울분에 치일 수도 있으련만, 포는 그것을 삭이고 가라앉혀 순수의 한 경지에 이른 영롱한 시로 만들었다. 사랑과 슬픔의 힘으로 응결된, 영원히 그 빛이 바라지 않을 다이아몬드 같은 시, 「애너벨 리」.

포의 발성을 상상하며, 영어 원시(原詩)를 읽어보기 권한다. 그 리듬, 시어의 그 슬프도록 고움에 홀려 저도 모르게 입술을 달싹이며 소리 내 읊고 싶어질 것이다. 「애너벨 리」를 더 감상하기 원하는 분께는, 짐 리브스의 매혹적인 영시(英詩) 낭송이나 존 바에즈가 청순한 목소리로 부른 노래를 추천하겠다.

참새와 함께 걷는 숲길에서

바람이 낳은 달걀처럼

참새떼가 우르르 떨어져 내린

탱자나무 숲

기세등등 내뻗은 촘촘한 나무 가시 사이로

피 한 방울 흘리지 않고

참새들은 무사통과한다

(그 무사통과를 위해

참새들은 얼마나 바람의 살결을 닮으려 애쓰는가)

기다란 탱자나무 숲

무성한 삶의 가시밭길을 뚫고

총총히 걸어가는 참새들의 행렬

(가시에 찔리지 않기 위해

참새들은 얼마나 가시의 마음을 닮으려 애쓰는가)

……난 얼마나 생의 무사통과를 열망했는가

무사하지 않은 채, 우리는 생을 통과한다

  이 시가 실린 시집 『세상의 모든 저녁』에서 「세상의 모든 저녁 3」을 읽다가, 무릎을 치는 대신, 나는 얼른 옮겨 적었다. "헤비메탈을 부르다 뽕짝으로 창법을 바꾸는/그런 삶은 살지 않으리라".

  시집이 나온 당시, 내 뜨악했던 감상 원인을 비로소 알 것 같았다. 헤비메탈 쪽인 줄만 알던 가수가 '뽕짝'을 부르는 걸 볼 때, 재밌기도 하지만 어쩐지 '손이 오글거리는' 듯한, 그런 기분이었던 것이다. 그전의 유하는 세련된 솜씨로 시대를 찌르고 휘저으며 요리하던, 영악해 보일 정도로 재기 넘치는 도시 시인이었던 것이다.

  긴 세월이 흐른 이제 내게도 그때는 없었던 미감(美感)이 생긴 것 같다. 구성진 '뽕짝'의 눅눅한 아름다움을 능히 알 만한 나이가 돼버린 것이다(유하 시들이 '뽕짝'이었다는 말은 결단코 아니다!). 다른 시집들에서 유하가 옹호하고, 의도적으로 표방했던 '키치'의 발랄함 대신 시집 『세상의 모든 저녁』을 채우고 있는 건 진솔함이랄지 어떤 진득함이다. 시골 풍경이나 기후에 기대어 삶에 대한 성찰과 슬프고 여린 마음을 출중한 언어감각으로 조리한, 그 깊은 맛! 그전의 유하 색깔이 바이올렛이라면, 『세상의 모든 저녁』은 퍼플이라고 할까.

"난 얼마나 생의 무사통과를 열망했는가".

나도 그렇다! 그러나 무사하지 않아서 시를 잉태했고, 무사하지 않아도, 무사하지 않은 채, 우리는 생을 통과한다. "탱자 가시 울창한 삶의 목구멍이여,"(「저녁 숲으로 가는 길 2」에서)

유하는 이제 시 안 쓰나? 유하도 보고 싶고, 그의 새로운 시도 보고 싶다.

즐거운 소라게

잘 다듬은 푸성귀를 소쿠리 가득 안은

막 시골 아낙이 된 아내가

쌀을 안치러 쪽문을 열고 들어간 뒤

청솔모 한 마리

새로 만든 장독대 옆

계수나무 심을 자리까지 내려와

고개만 갸웃거리다

부리나케 숲으로 되돌아간다

늦도록 장터 한 구석을 지키다

한 걸음 앞서 돌아가는 흑염소처럼

조금은 당당하게,

제집 드나드는 재미에

갑자기 즐거워진 소라게처럼

조금은 쑥스럽게,

얼마 전에 새로 번지가 생긴 땅에

한 채의 집을 지은 나는

세 식구의 가장(家長)으로서

나의 하늘과

별과

구름과

시에게 이르노니

너희 마음대로

떴다 지고

흐르다 멈추고

왔다 가거라!

고둥껍질을 업은 소라게처럼

"시골에서 10년 가까이 더 살아보았다. 여전히 나라고 할 만한 것이 없다."

2005년에 발행된 시집 『나라고 할 만한 것이 없다』의 자서(自序)다. 그 시골 생활의 초기 풍경을 옮긴 시다. "얼마 전에 새로 번지가 생긴 땅에/한 채의 집을 지은" 시인은 "푸성귀를 소쿠리 가득 안은/막 시골 아낙이 된 아내"니 "새로 만든 장독대"니 "계수나무 심을 자리"니, 마당까지 쪼르르 달려와 고개를 갸웃거리다 부리나케 달아나는 청솔모니, 여태 몸담아온 도시와는 완연 달라진 삶의 터전에서 모든 것이 새로워 쑥스럽기까지 하다. 그 낯가림과 불안을 떨치고 시인은 시인 가장으로서의 각오와 기대를 아름답고 서늘하게 펼친다.

내가 처음 본 이창기는 아주 젊은 이십대 청년이었는데, 한참 전에 흘러간 가요인 배호 노래를 즐겨 부르는 것도 그렇고, 어딘지 아저씨 같은 데가 있었다. 만주에서 태어났다는 그의 말이 믿길 정도로. 그리고 말투나 미소가 어딘지 빈정거리는 듯한 느낌이었는데, 그게 따뜻한 마음과 장난기와 수줍음의 미묘한 배합이었다는 걸 한참 뒤에나 알았다. 그의 시들은 시인을 꼭 닮았다. 인생과 생활을 바닥까지 들여다보고 있는 듯한 깊숙한 시선, 느긋하게 한 발 비껴선 듯 짐짓 한가한 포즈, 때로 이죽거리거나 낄낄거리면서도 놓치지 않는 서정, (세심히 볼수록 증폭되는) 뉘앙스 풍부한 진술…….

「즐거운 소라게」를 한 번 더 읽어본다. 둘째 연이 유독 슬프다. 장터에 흑염소가 왜 나가 있었겠는가? "늦도록 장터 한 구석을" 지켰건만 흑염소를 팔지 못한 채 터덜터덜 귀가하는 주인의 심사엔 아랑곳없이 흑염소는, 마치 함께 '마실'이라도 다녀오는 양 신나라 앞서 걷는다. 궁둥이를 실룩거리며 당당하게. 귀엽기도 하고 애처롭기도 하고……. 집에 돌아와 주인은 한숨을 쉬며 흑염소에게 저녁밥을 주었겠지. 그 주인도 흑염소도 시인의 감정에 맺혀 이렇듯 시의 무늬로 한 자리 차지했다.

이창기는 깊이와 발랄함, 페이소스와 웃음을 함께 엮는 시인이다. 마치 고둥껍질을 업은 소라게처럼.

고요의 입구

개심사 가는 길

문득 한 소식 하려는가

나무들 서둘러 흰 옷으로 갈아입는다

추위를 털면서 숲 속으로 사라지는

길도 금세 눈으로 소복하다

여기에 오기까지 길에서 나는

몇 번이나 개심(改心)하였을까

한 송이 눈이 도달할 수 있는 평심(平心)의 바닥

그것을 고요라고 부를까 하다가

산문에 서서 다시 생각해 본다

어느 자리, 어느 체위이건 눈은 불평하지 않는다

불평(不平)마저 부드러운 곡선이다

설경이 고요한 듯 보이는 건 그 때문이다

허지만 송송 뚫린 저 오줌구멍을 무엇이라고 해야 하나

마을의 개구쟁이들이 저지른 저 고요의 영역 표시

경계 앞에서도 어쩔 수 없는 방심(放心) 뒤에 진저리치던

나의 불평이란 기실 작은 구멍에 불과한 것

하물며 개심(開心)이라니!

그 구멍의 뿌리 모두 바닥에 닿아 있으므로

길은 불평의 바닥이다

불평하지 않으며 길을 다 갈 수는 없다

그러니 애써 한 소식 들은 척하지 말자

눈이 내렸을 뿐 나는 아직 고요의 입구에 있는 것이다

곡선은 고요하고 나는 뾰족뾰족하다

'문득 한 소식 하려는가'를 '문득 한 깨달음 주려는가'로 읽어도 좋을까? 시에 두 개의 개심이 나온다. 개심(開心)과 개심(改心). 앞의 개심은 '지혜를 열어 불도(佛道)를 깨우친다' 즉 '마음이 열린다'는 뜻으로 굉장히 높은 경지의 말이고, 뒤의 개심은 '마음을 바르게 고친다'는 뜻으로 범상한 우리네 경지의 말이다.

별안간 소낙눈이라지만, 눈이 쏟아지기 전에도 하늘은 끄무레했을 것이다. 개심사를 찾아가는 시인의 마음처럼. 범상한 한 사람인 시인은 깨달음과 번민, 용서와 상처 사이에서 진자처럼 움직이는 마음의 불평에 처해 있다. 울퉁불퉁한 그 마음 바닥이 눈경치를 바라보면서 둥글어지는 듯하다. 곡선은 고요하다. 한 송이 한 송이 눈이 내리고 쌓여 이루는 설경은 부드러운 곡선이다. 설경은 그러하나, 나(시인)는? 나는 기실 뾰족뾰족하다.

"불평하지 않으며 길을 다 갈 수는 없다/그러니 애써 한 소식 들은 척하지 말자".

뭐, 눈이 오기에 잠시 취해 있었을 뿐, 호락호락 개심(開心)할 내가 아니다. 나는 평범한 사람이다! 마음의 고요, 평심의 입구 산문에서 그저 설경을 바라볼 뿐이로다.

소박하고 단아한 시인데, 호락호락 깨달은 척하지 않는 총명함이 톡 쏘는 맛을 낸다.

가난의 골목에서는

| 박재삼 |

골목골목이 바다를 향해 머리칼 같은 달빛을 빗어내고 있었다. 아니, 달이 바로 얼기빗이었었다. 흥부의 사립문을 통하여서 골목을 빠져서 꿈꾸는 숨결들이 바다로 간다. 그 정도로 알거라.

사람이 죽으면 물이 되고 안개가 되고 비가 되고 바다에나 가는 것이 아닌 것가. 우리의 골목 속의 사는 일 중에는 눈물 흘리는 일이 그야말로 많고도 옳은 일쯤 되리라. 그 눈물 흘리는 일을 저승같이 잊어버린 한밤중, 참말로 참말로 우리의 가난한 숨소리는 달이 하는 빗질에 빗겨져, 눈물 고인 한 바다의 반짝임이다.

달빛에도 눈물이 묻어 있다

"골목골목이 바다를 향해 머리칼 같은 달빛을 빗어내고 있었다. 아니, 달이 바로 얼기빗이었었다. 흥부의 사립문을 통하여서 골목을 빠져서 꿈꾸는 숨결들이 바다로 간다."

입술을 달싹이며 절로 한 번 더 읽어보게 되는 시다. 아, 얼마나 흥건한 아름다움인가……

"흥부의 사립문"이 일러주듯이 가난한, 바닷가 그 마을에 사는 사람들은 삶의 터전이 바다이니 골목골목이 바다를 향해 나 있을 테지. 삶의 터전이기도 한 그 바다는, "사람이 죽으면 물이 되고 안개가 되고 비가 되고 바다에나 가는 것이 아닌 것가", 우리 넋이 결국에 가는 곳이기도 하다. 즉 죽음의 터전이기도 하다. 그래, "눈물 흘리는 일을 저승같이 잊어버린 한밤중", 고된 하루를 마치고 단잠에 빠져든 이들의 "꿈꾸는 숨결들이 바다로 간다"……. 미묘하고 심오해서 독자의 마음은 아스라이 헤맨다.

"우리의 골목 속의 사는 일 중에는 눈물 흘리는 일이 그야말로 많고도 옳은 일쯤 되리라."

죽으면 육신은 결국 흙이 되고 안개가 되고, 물질의 형태만 그렇게

변할 뿐이고 넋이라든가 혼이라든가는 바다 같은 것으로 일렁이고 반짝이게 될 텐데, 그렇게 생각하면 삶이라는 게 별게 아닌데, 이 삶을 살아내기가 그토록 힘들구나! 해방촌에 있는 독일식 빵집 '더 베이커스 테이블' 벽에 이런 말이 적혀 있다. "빵만 있으면 어지간한 슬픔을 견딜 수 있다." 우리 삶에는 눈물, 즉 슬픔이 많은데 그 슬픔의 이유는 주로 가난이다. 휴…… 가난!

그런데 눈물 흘리는 일이 많다는 건 금방 수긍이 가는데, 그게 "옳은 일"이라니 무슨 뜻일까? 무슨 뜻일까! 무슨 뜻일까…… 마땅하다…… 그러니, 운명이다? 운명이라면 정면에서 낳아라, 맞서라, 뒤통수 맞지 말아라…… 팔자에 복무해라……. 어쨌거나, 가난한 어촌의 밤풍경을 얼레빗 같은 달빛으로 하염없이 빗어 내리는 참으로, 참으로 아름다운 시!

'얼기빗'은 '얼레빗'이다. 국어사전을 찾아보니, '빗살이 굵고 성긴 큰 빗'인 얼레빗의 다른 이름은 월소(月梳)다. 월소라니! 옛사람들의 작명 센스나 박재삼 선생님의 시 감각이나 어찌 이리도 절묘한가! 내친 김에, '빗살이 아주 촘촘한 대빗'은 참빗이라고 하는데, 참빗의 다른 이름은 진소(眞梳). 진(眞) 대 월(月)이라……. 진은 지구, 이 땅, 현실일 테고, 월은 달, 저 곳, 꿈? 국어사전은 참으로 내게 세계를 보는 창이어라!

있을 뻔한 이야기

유령들

낮에 켜진 전등처럼 우리는 있으나마나

거의 없는 거나 마찬가지다.

파리채 앞에 앉은 파리의 심정으로

우리는 점점 더 희박해진다.

부채감이 우리의 존재감이다.

따귀를 때리러 오는 손바닥 쪽으로

이상하게도 볼이 이끌린다.

파리를 발견한 파리채처럼 집요하게

돈을 빌려주겠다는 메시지가 온다

미션-임파서블

40대 되기 전에 해야 할 것들이 있다

그게 뭘까? 서점에 가봐야겠다.

삶은 여전히 지불유예인데,

우리는 살면서 한 가지 역할놀이만 한다.

채무자채무자채무자채무자채무자

우리는 아직 올라가보지도 못했는데

벌써 내려가라고 하네요.

40대가 되기 전에 해야 할 일은

30대가 되기 전에 했어야 할 일들이다

귀신들

하긴 딴 사람은 없는데

잃은 사람만 있는 판돈 같은 이야기,

혹은 빌린 사람은 없는데

빌려준 사람만 있는 신체포기각서 같은 이야기.

"내 다리 내놔" 하면서 따라오던 귀신은

어쩌다 다리를 간수하지 못했을까?

하긴 때린 사람은 없는데

언제나 아픈 사람만 있는 폭력적인 이야기,

끈덕지게 따라붙는 귀신이 세상에서 제일 무섭다.

눈코입도 없이 자꾸만 따라다니는 달걀귀신 같은 이야기.

아무것도 없는, 아무것도 아닌

『친애하는 사물들』은 매력적인 시집이다. 지적이면서 무겁지 않고, 재기 넘치면서 가볍지 않은 시편들이 처처에 포진해 있다. 그중에서 이 시를 고른 건 '채무자'니 '판돈'이니 소재들도 친근하고, 시구에서 즉각적으로 전해지는 심경이 어째 딱 내 이야기 같아서이리라. 문제는, 화자와 나만 그런 게 아니라 세상의 대부분 사람이 이런 상황에 처해 있다는 것이다. 그래서, '있을 뻔한 이야기'는 시집 해설자가 간파한 대로 '있을, 뻔한 이야기', '뻔하게' 있었던 이야기, 있는 이야기!

자기존재의 왜소함과 수동성, 그 비스러질 듯한 상태를 질깃질깃하게 보여주는 시, 「있을 뻔한 이야기」에서 "부채감이 우리의 존재감이다"라는 시구를, '부채감'이라는 말이 비유적으로 쓰였을 수도 있을 테지만, 실제 빚쟁이의 심사로만 풀어보자. 물질이 마음을 지배하는 세태에서는 대부분의 사람 마음이 물질에 지배당할 수밖에 없다. 큰 빚을 지면 기가 죽어서 몸도 쪼그라드는 듯해진다. 존재감이 크게 위축된다.

시의 화자는 자발적, 능동적으로 할 수 있는 일이 없다. 어떤 일을 해낼 방도도 없고 힘도 없다. 운명이 남에게 달려 있다. 운명이 남에게 달려 있으니 그건 산다고도 볼 수 없다. 유령이나 마찬가지다. 그렇게 존재감 없는 화자한테 "집요하게/돈을 빌려주겠다는 메시지", 대부업체 스팸메일 같은 것이 따라붙는다. 아무것도 없는, 아무것도 아닌 유령을 따라붙는 귀신들이라니, 얼마나 지독한 귀신들인가. 유령도 벗어날 수 없는 귀신들!

물(物)로나 심(心)으로나 감당할 수 없는 빚을 지지 않을 수 있는 사람은 복되도다! 빚을 진다는 건, 영혼을, 심장을 저당 잡힌다는 것이다.

존재가 희미해져가는 절망감 속에서도 귀신들을, 그 상황을 유유히 지켜보는 시인이여!

냇물에 철조망

우리 모두는 사랑하는 이를 향하여 흐르는 강물이다

어제는 그렇다고 생각했는데

오늘은 아닌 것 같다

조금 바람이 불었는데

한 가지에 나뭇잎, 잎이

서로 다른 곳을 보며 다른 춤을 추고 있다

저 너머 하늘에

재난 속에서 허덕이다가 조용히 정신을 차린 것 같은 모습으로

구름도 흘러가고 있다

공중에서 무슨 형이상학적 추수를 하는 것 같다

물은 100도가 돼야 끓는다

"어떻게 사랑이 변하니?"

영화 〈봄날은 간다〉에서 이 대사를 읊은 주인공처럼 풋풋하게 젊은 남자가 아니더라도, 사랑의 백전노장이 아니라면, 대부분 사람은 변하지 않는 게 사랑의 속성이라는 환상을, 미신을 갖고 있다. 그러나 모든 감정처럼, 사랑이라는 감정도 계속 움직인다. "우리 모두는 사랑하는 이를 향하여 흐르는 강물"이시만, 그 흐름이 항하는 "사랑하는 이"가 바뀔 수 있다. 그럴 뿐 아니라 그 강물의 온도도 늘 같지 않다. 어느 날은 90도까지 올라가기도 하지만, 대개는 60도나 70도고, 때로 30도로 내려가는 날도 있다. 물은 100도가 돼야 끓는다. 99도에도 끓지 않는다. 펄펄 끓어본 적이 있는 사람은 90도의 사랑에도 사랑이 변했다고 느낀다. 사랑에 빠진 사람은 늘 움직이고 변하게 마련인 사랑의 속성에 마음이 불안하게 요동친다. "조금 바람이 불었는데/한 가지에 나뭇잎, 잎이/서로 다른 곳을 보며 다른 춤을 추고 있다"잖은가. 그러한즉, 재난 속에서 허덕이는 것처럼 힘들다. 온도가 낮아도 일정하기라도 하면 허전한 대로 버티거나 집어치우련만, 80도였다 20도였다 급히 오르내리면 놓고 싶어도 놓지 못하고 신경쇠약으로 치닫는다. 그리하여 냇물에 철조망이 어른거린다.

"저 너머 하늘에/재난 속에서 허덕이다가 조용히 정신을 차린 것 같은 모습으로/구름도 흘러가고 있다".

화자가 정신을 차려서 구름도 정신을 차린 것 같다. 한숨 돌리며 땀을 식히는 서늘하고도 쓸쓸한 풍경이 마음의 움직임을 섬세하게 보여준다.

걷는 기쁨은
살아 있는 기쁨이다

허수경 「해는 우리를 향하여」 / 죄를 져도 죽고 죄 없이도 죽는다

조윤희 「화양연화」 / 세상 모든 봉인된 사랑을 위하여

박진성 「아라리가 났네」 / 미쳐서야 행복한 사람도 있다

육근상 「가을 별자리」 / 땅의 운명을 하늘에 묻다

문정희 「먼 길」 / 걷는 기쁨은 살아 있는 기쁨이다

박준 「옷보다 못이 많았다」 / 텅 비어 있는 쓸쓸한 봄밤

김소월 「나는 세상 모르고 살았노라」 / 당신이 그립고 그립다

김경미 「봄, 무량사」 / 올해도 남산에 벚꽃 만발하면

문동만 「자연서도 입 벌린 것들」 / 누군들 힘든 삶을 살지 않겠나

이성복 「시에 대한 각서」 / 사방에 고독이 있다

빅토르 위고 「나비가 된 편지」 / 오늘 당신에게 시를 보내련다

최규승 「은유」 / 이래도 말이 되고 저래도 말이 되는

오규원 「꽃과 그림자」 / 붓꽃이 마음에 흐드러지다

해는 우리를 향하여

까마귀 걸어간다

노을녘

해를 향하여

우리도 걸어간다

노을녘

까마귀를 따라

결국 우리는 해를 향하여,

해 질 무렵 해를 향하여 걸어가는 것이다

소문에 의하면

해 뜰 무렵 해를 향하여 걸어갔던 이들도 있다고 한다

이를테면, 나이 어려 죽은

손발 없는 속수무책의 신들이 지키는 담장 아래 살았던 아
이들

단 한 번도 죄지을 기회를 갖지 않았던
아이들의 염소처럼 그렇게

폭탄을 가득 실은 비행기가 날아가던
해 뜰 무렵

아이와 엉겨 있던 염소가
툭 툭 자리를 털면서
배고파, 배고파, 할 때

눈 부비며 염소를 안던
아이가 염소에게 주던 마른 풀처럼

마른 풀에 맺힌 첫날 같은 햇빛처럼

죄를 져도 죽고 죄 없이도 죽는다

몇 사람인가 일행과 함께 화자는 해질녘 빈 들판을 걸어가고 있다. 저만치 앞에서 까마귀 한 마리가, 어쩌면 두서너 마리가 뒤뚱거리며 같은 방향으로 걷고 있다. 엷어지는 긴 그림자를 끌고, 노을로 붉은 서녘 하늘을 향해 걸음을 옮기는 까마귀와 사람들. 어쩌면 까마귀는 이내 푸드덕 날아갔을지도 모르지만, 지는 해의 역광으로 불그스름 물든 까마귀가 해 지는 쪽으로 한 발 한 발 내딛는 뒤태를 보는 순간 화자는 죽음의 행렬을 떠올린다.

"결국 우리는 해를 향하여,/해 질 무렵 해를 향하여 걸어가는 것이다".

우리는 죽는다. 이렇게도 죽고 저렇게도 죽고, 젊어서도 죽고 늙어서도 죽고, 죄를 져도 죽고 죄 없이도 죽는다. 아무도 피할 수 없는 죽음은 그 자체가 폭력이지만, "해 뜰 무렵 해를 향해 걸어갔던 이들"에게는 더 폭력적이다. 시에서 '해 뜰 무렵'은 이중적으로 쓰인다. 생명의 따뜻한 빛인 해가 몸에 막 깃든 햇생명의 시간, 그리고 실제로 일출 무렵.

"폭탄을 가득 실은 비행기가 날아가던/해 뜰 무렵", "해를 향하여 걸어갔던" 아이들!

환하게 밝은 하늘 아래 부끄러움도 거리낌도 두려움도 없이 벌인, 군인들의 그 무자비 무차별한 살상의 결말을 시인은 분노와 슬픔을 가누며, 공들여 염하듯 평화롭고 아름답게 그린다. 신들도 부모도 그 누구도 보호해주지 못한 어린 목숨들······.

독일에서 오랜 시간 '고대 근동고고학'(메소포타미아 고고학)을 공부한 시인이 여름이면 두어 달씩 발굴을 목적으로 가 있던 유적지 마을이 시의 배경일 테다.

화양연화

— 우리 인생의 가장 아름다웠던 시절은 과연 언제였을까

어떤 마음들이

저 돌담을 쌓아 올렸을까

화가 났던 돌, 쓸쓸했던 돌, 눈물 흘렸던 돌,

슬펐던 돌, 안타까웠던 돌, 체념했던 돌,

그런 돌들을 차곡차곡 올려놓았을까

여기저기 흩어져 있었을

때로는 발길질에 채었을

어느 순간 차였다는 사실도 잊은 채

제자리 지키고 있었을

조금은 흙 속에 제 몸을 숨겼을

심연 속에서 푸른 눈을 뜨고 있었을

그런 것들을 일으켜 세웠을까

저자거리를 헤매이던 마음들이

그 바람 불던 거리에서

자꾸만 넘어지던 마음들이

자기 몸을 세우듯

돌을 쌓아 올려

돌담을 세워

태풍에도 끄떡없는

울타리를 만들었을까

하나하나의 돌멩이들이 채워논 풍경

그 돌담 밖으로 목련꽃 봉오리 벙그러질 때

그리운 추억의 이름으로 견고해지는 봉인

아름다운 시절을 소망하는 합장하는 손들

세상 모든 봉인된 사랑을 위하여

변호사 양지열의 에세이 『당신의 권리를 찾아줄 착한 법』을 읽기 시작했다. 초장부터 꽤 재밌다. "언제부터 법률이 정한 사람으로 보아야 할까?" 대한민국 민법에서는 아이가 어머니 몸 밖으로 완전히 나왔을 때로 보는 것, 즉 '전부노출설'이 일반적이란다. 전부노출설이라……적나라하게 날것인 이 조합어의 묘미라니. 생경하고 우스꽝스럽고, 그러나 적확하다. 이런 야릇한 말맛이 법률 공부하는 사람들의 지루함을 간간 덜어줬으리라.

우리는 태어난 순간부터 법의 테두리에서 벗어날 수 없다는, 몰랐던 듯도 하고 알았던 듯도 한 사실을 깨달으니 갑자기 숨이 막힌다. 대부분 사람들처럼 나도 분명 법의 보호를 받았으면 받았지 방해를 받지는 않을 터인데도 말이다. 그럼에도 이런 상상을 해본다. 가령 사랑법이라는 게 있다면, '언제부터 언제까지를 법률이 정한 사랑으로 보아야 할까' 알 수 있으련만. 사랑의 의무와 권리의 세목들을 명시한 '사랑의 법전'이 있으면 사랑의 약자들을 보호할 수 있으련만. 항상 자기가 더 많이 사랑하는 사랑의 약자들. 기실, 사랑의 강자들!

화양연화(花樣年華), 인생에서 가장 아름답고 행복한 순간, 혹은 여자의 가장 아름다웠던 시절을 뜻한다지. 아름답고 쓸쓸한 말이다. 시인 조윤희가 좋아하는 감독 왕가위도 같은 제목으로 영화를 만들었다. 나도 왕가위를 좋아한다. 가령 영화 〈동사서독〉에서, "내가 가장 예뻤을 때, 당신은 내 옆에 없었더랬죠.", 이런 대사! 아주 사람을 호린다.

「화양연화」는 사랑이 견고해지는 과정을 그린 시다. 화자는 어쩌면 영화 〈화양연화〉에 나온 그 돌담을 보고 있었을지도 모르겠다. 돌담 앞에서 옛사랑을 돌이켜보며 그는, 그 사랑의 마음이 점점 더 돌처럼 단단해지는 걸 느낀다. 마지막 세 행이 치명적으로 아름답다. 지금은 없는 사랑, 존재하지 않는 사랑이지만, "그리운 추억의 이름으로 견고해지는 봉인", 봉인됨으로써 그 사랑은 결코 흩어지지 않는다. 봉인된 사랑! 세상 모든 봉인된 사랑, 돌처럼 단단한 그 사랑들이 차곡차곡 쌓여 빛나는 담을 이룬 화양연화!

아라리가 났네

| 박진성 |

　아라리가 난거랑께 의사 냥반, 까운에 환장허겠다고 달라붙
는 햇살이 아라리가 나서 꽃잎을 흔들자뉴 오메 발병(發病) 원
인은 불안 강박 우울 공황 발작, 이런 게 아니라 아라리가 나서
그렇탕께 왜 심전도는 찍자 그러능규 술판서 언 눔이 아리랑을
불러 재끼는디 아라리가 헉 하고 피를 토해내능규 복분자가 요
강을 뒤집어엎는 것 맹기루 아라리가 내 몸도 이렇게 뒤집어서
리 환장허겠다고 나도 아라아리가 나아안네 부르고 있는디 내
몸이 꽃이파리마냥 바르르 떨고 있는디 그 냥반들이 응급실에
다 나를 처넣은규 숨이야 아라리가 쉬겄지 심장이야 지 혼자 팔
딱팔딱 하는 거구 긍께 의사 냥반 이 담에 병원 와서 불안하고
우울하담서 뒤집어 자빠진 사람 있으믄 아리랑 한번 불러주슈
아라리 땜시 잠시 잠깐 그랑깅께, 저 꼰잎에서 주르륵 미끄러지
는 아라리 몸 좀 보소 십리도 못 가서 발병 나믄 아라리 한번 재
껴부리믄 돼쥬, 나 갈라유!

미처서야 행복한 사람도 있다

"여자는! 여자답게! 오, 예!? 오, 예!?

남자는! 남자답게! 오, 예!? 오, 예!?

흔들자! 흔들어!"

귀청이 떨어져나갈 듯한 음악이 담배연기 자욱한 공기를 뒤흔들던 디스코텍들. 자기가 갔던 한 디스코텍에서는 디스크자키가 볼륨을 높였다 낮췄다 하면서 악을 쓰며 이런 추임새를 날렸다는 친구 얘기를 듣고 배를 쥐고 웃었다. 내 세대 친구들과 옛날 얘기를 하다 보면 대개 어릴 때는 세계명작동화의 세계에, 십대부터는 미국의 대중음악과 춤에 빠져 있었다는 걸 알 수 있다. 우리 같은 사람에게 아리랑의 정서는 낯설기 그지없는데 대한민국의 어떤 사내들 핏속에는 아리랑이 진하게 녹아들어 있나 보다. 영화감독 김기덕이 베니스영화제 시상식 자리에서 아리랑을 불렀다는 뉴스가 생각난다. 문외한인 내 느낌에도 아리랑과 아라리는 좀 다른 듯하다. "뒤집어 자빠진 사람 있으믄 아리랑 한 번 불러주슈 아라리 땜시 잠시 잠깐 그랑깅께". 김기덕 감독도 솟구치는 아라리를 다스리려 아리랑을 불렀을 테다.

「아라리가 났네」는 '아라리'가 뭔지를 화자의 사투리로 더욱 액티브하게 보여준다. 아마도 화자의 삶은 미치고 팔딱 뛰고 싶게 '폭폭할' 것이다. 그러한 처지에 신경과 감각이 극도로 예민한 사람이라면, 어느 순간 폭발하게 된다. 시의 파장이 어찌나 강한지 화자의 팽팽한 떨림이 파르르 전해진다. 타르코프스키는 영화 〈향수〉에서 "미친 사람은 외롭다"고 말하지만, 미쳐서야 행복한 사람도 있다. "십리도 못 가서 발병 나믄"에서 발병은 발의 병이기도 하고 발병(發病)이기도 하다. 삶의 십리도 못 가서 발병 난 사람들아, 삶에 먹히기보다 삶을 지지 밟고 높이, 하늘 저 끝까지 높이 뛰어 오르자! "아라리 한번 재껴부리"자! 극도의 발정(發情) 상태가 멈추지 않는 생명체를 보는 듯한 「아라리가 났네」.

가을 별자리

단풍나무는 벌겋게 취해 홍청거리고

손가락 닮은 이파리들이 오를 대로 올라

색(色)기 부리고 있네

살짝 일렁이는 물바람에

목젖 다 드러내며 자지러지는 딸아이

봉숭아빛 입술 뜨거워지고 종아리 굵어졌으니

품에서 내려놓아야 할 때

겨울나려면 좀 더 비워둬야지

노을빛 눈부시게 부서지며 낡은 흙집 감싸 쥐면

뜨겁던 여름도 까맣게 익은 산초 씨로 떨어지는가

돌아가리라

삭정이 같은 노모 시래깃국 끓이고

삶이 무성했던 아버지도 허리 굽어

텃밭에 쌓인 고춧대 태우며 붉어지고 있을 것이니

돌아가 북창 열고 가을 별자리 하나 마련하여

안부 들어보리라

　타향살이 오랜 듯한 화자가 가을색 완연한 단풍나무를 보면서 문득 제 나이의 가을을 절감하고, 늙으신 부모님 구존해 계신 고향을 그리는 시다.

　"단풍나무는 벌겋게 취해 흥청거리고", 화자도 취하도록 술을 마시고 있나 보다. 취한 화자의 감각은 활짝 열려 단풍나무의 화르르 붉음에 "색(色)기"마저 느낀다. 이성을 유혹하는 기세인 색기, 단풍잎들이 "오를 대로 올라/색기 부리고 있"는 걸 보면서 화자는 건강하게 잘 자란 딸을 떠올린다. 이제는 "품에서 내려놓아야 할 때"지. 어허, 가을이구나! 자연이든 사람이든 가을이란 "뜨겁던 여름도 까맣게 익은 산초 씨로 떨어지는", 계절이다. 한창 무르익었기도 하고, 달도 차면 기우나니,

무르익어서 의당 거두어질 계절. 화자는 애상에 빠지지 않고 의연히 가을을 대한다. 마지막 연이 압권이다. "삭정이 같은 노모" 같은 생생한 비유, "돌아가 북창 열고 가을 별자리 하나 마련하여" 같은 표현! 가을에는 밝은 별이 가장 적다고 한다. 그래서 가을 밤하늘은 횅하고 쓸쓸하다고. 그걸 알고 화자는 가을 별자리를 마련하려고 했을까? 딱히 그렇진 않았을 듯도 하고……. 별들의 운행이 인간의 운명과 연결돼 있다고 믿는 사람들이 있다. 땅의 운명을 하늘에 묻는 사람들…….

고향에서 화자가 한갓지게, 그리고 골똘히 하늘을 보며 가을 별들의 안부를 들어볼 걸 상상해본다. 돌아갈 고향이 있다는 것은 그런 것인가. 화자의 고마우신 부모님…….

먼 길

나의 신 속에 신이 있다

이 먼 길을 내가 걸어오다니

어디에도 아는 길은 없었다

그냥 신을 신고 걸어왔을 뿐

처음 걷기를 배운 날부터

지상과 나 사이에는 신이 있어

한 발자국 한 발자국 뒤뚱거리며

여기까지 왔을 뿐

새들은 얼마나 가벼운 신을 신었을까

바람이나 강물은 또 무슨 신을 신었을까

아직도 나무 뿌리처럼 지혜롭고 든든하지 못한

나의 발이 살고 있는 신

이제 벗어도 될까 강가에 앉아

저 물살 같은 자유를 배울 수는 없을까

생각해 보지만

삶이란 비상을 거부하는

가파른 계단

나 오늘 이 먼 곳에 와 비로소

두려운 이름 신이여!를 발음해 본다

이리도 간절히 지상을 걷고 싶은

나의 신 속에 신이 살고 있다

걷는 기쁨은 살아 있는 기쁨이다

"나의 신 속에 신이 있다"!

앞의 신은 신발이고 뒤의 신은 신(神)일 테다. 요 말장난 속의 진리! 지난 삶을 돌이켜 보니 "처음 걷기를 배운 날부터/지상과 나 사이에는 신이 있어/한 발자국 한 발자국 뒤뚱거리며/여기까지 왔"단다. 실제로 처음 걷기를 배울 때는 맨발이었을 테니, 시 속의 처음 걷기는 집밖 세상으로의 걸음마일 게다. 신은 땅을 딛고 걷기 수월하게 발을 감싸는 물건이다. 그 신처럼 신(神)이 세상을 딛고 걷는 고단함을 덜어줬을 수도 있으리.

그런데 신이 굴레처럼 느껴지는 순간이 있다. 새처럼 바람처럼 강물처럼, 신이 없거나 신이 가벼운 존재들이 무한 부러운 순간. 하지만 인간의 "삶이란 비상을 거부하는" 것. 자식이니 밥벌이니 이런저런 욕망이니 책임이니, 얼마나 발목 잡는 일이 많은가? 살아 있는 한 신을 신고 다닐 수밖에 없는 것이다. 살아 있는 한!? 그렇다! 한 걸음 한 걸음, 걷는 기쁨은 살아 있는 기쁨이다. 그래서 "이리도 간절히 지상을 걷고 싶은" 시인의 신, 기실 시인의 발, 시인의 몸! 신을 벗기는커녕 시인은 오늘도 새 신을 장만하리. 그 신을 단단히 신고 세상을 두리번거리리. 그 거취와 행로를 함께하는 신이여! 문정희 선생님은 활력 넘치는 코스모폴리탄 시인이다. 사람들과 장소들에 대한 그의 시들지 않는 매혹과 열정과 감격을 엿볼 때마다 나는 감탄스럽다. 선생님의 신 속에 늘 신이 함께하시기를!

옷보다 못이 많았다

| 박준 |

그해 윤달에도 새 옷 한 벌 해 입지 않았다 주말에는 파주까지 가서 이삿짐을 날랐다 한 동네 안에서 집을 옮기는 사람들의 방에는 옷보다 못이 많았다 처음 집에서는 선풍기를 고쳐주었고 두 번째 집에서는 양장으로 된 책을 한 권 훔쳤다 농을 옮기다 발을 다쳐 약국에 다녀왔다 음력 윤삼월이나 윤사월이면 셋방의 셈법이 양력인 것이 새삼 다행스러웠지만 비가 쏟고 오방(五方)이 다 캄캄해지고 신들이 떠난 봄밤이 흔들렸다 저녁에 밥을 한 주걱 더 먹은 것이 잘못이었다는 생각이 새벽이 지나도록 지지 않았다 가슴에 얹혀 있는 일들도 한둘이 아니었다

텅 비어 있는 쓸쓸한 봄밤

윤달이라는 말, 쓸쓸하게 예쁘다. 인터넷에서 '윤달'을 치고 검색해보니, 19년에 일곱 번 윤달이 있단다. 어떤 이가 1900년부터 2099년까지의 윤달을 올려놔 훑어봤다. 1월과 12월만 빼고 다 있었다. 계속 계산해보면 1월과 12월에도 걸리지 않을까 싶어 더 검색해봤다. 1392년 태조 1년이 윤12월이다. 윤1월은 없단다. 여분의 남는 달이라 신이 사람들에 대한 감시를 쉰다는 윤달. 그래서 윤달에 결혼하거나 집을 짓거나 이장(移葬)하거나 이사하는 사람이 많단다(왜 그런 걸 신 몰래 하는 걸까? '동티난다'는 말이 떠오르는데, 그에 관해서도 알아봐야겠다). 시 속의 "그해 윤달"인 어느 봄날, 화자는 하루 동안 이삿짐을 몇 차례나 옮긴다. "옷보다 못이 많"은 방에 사는 가난한 사람들의 이삿짐 나르는 일을 온종일 하니 "저녁에 밥을 한 주걱 더 먹은" 게 얹힐 정도로 몸이 지치고 마음도 지친다.

'옷보다 못이 많은 방'. 옷장도 없이 벽에 친 못에 옷을 걸어놓고 사는데, 옷가지도 몇 개 안 돼 비어 있는 못들이 많은 살림살이. 선풍기를 고칠 기력도 없고 대신 고쳐줄 사람도 없는, 어쩌면 홀로노인의 단칸방들. 그 가난이 사무쳐 화자는 "윤삼월이나 윤사월이면 셋방의 셈법이 양력인 것이 새삼 다행스러웠"다고 쓴웃음을 짓는다. 윤삼월이면 삼월 지나 또 삼월이니 한 달 살고 두 달치 월세를 물 뻔하지 않았나, 싱거운 농담을 해보는 것이다.

그해에도 형편이 피지 못해 "새 옷 한 벌 해 입지 않"은 화자. 그러나 자기 아픔이나 힘듦을 구구절절 칭얼칭얼하지 않고, 타인의 애옥살림을 살피다가 "오방(五方)이 다 캄캄해"짐을 토로한다. 시인의 가슴에 못을 박은 "옷보다 못이 많"은 방들! 그 방들을 순례하고 온 날의 "신들이 떠난 봄밤", 얼마나 텅 비어 있고 쓸쓸한 봄밤인가.

박준 시를 읽을 때면 시인의 나이를 새삼 떠올려보게 된다. 1983년 생인데…… 대체…… 어찌 이다지도 노성(老成)할까. 이리 의젓하고, 인생의 신맛 쓴맛을 다 본 것처럼 깊고 서럽고……. 소재나 감수성이나, 글쎄……. 내 언니오빠나 이모삼촌 세대 같네.

젊으나 젊은 시인의 이 맛깔스레 폭 삭힌 시집이라니. 1988년, 스물 다섯 살 허수경이 세상에 선보인 시집 『슬픔만 한 거름이 어디 있으랴』 생각이 난다.

나는 세상 모르고 살았노라

| 김소월 |

'가고 오지 못한다'는 말을
철없던 내 귀로 들었노라.
만수산(萬壽山)을 나서서
옛날에 갈라선 그 내 님도
오늘날 뵈올 수 있었으면.

나는 세상 모르고 살았노라,
고락(苦樂)에 겨운 입술로는
같은 말도 조금 더 영리하게
말하게도 지금은 되었건만.
오히려 세상 모르고 살았으면!

'돌아서면 모심타'는 말이
그 무슨 뜻인 줄을 알았으랴.
제석산(帝昔山) 붙는 불은 옛날에 갈라선 그 내 님의
무덤엣 풀이라도 태웠으면!

당신이 그립고 그립다

"만수산을 나서서/옛날에 갈라선 그 내 님도/오늘날 뵈올 수 있었으면."

그 내 님이 연상(年上)이었을까? 갈라선 님에게는 '놈'이나 '년'을 붙여도 시원치 않아 하며 십 리도 못 가서 발병 나라고 악다구니를 퍼붓기도 하는 게 흔히 볼 수 있는 이별의 뒤끝 풍경인데, '뵈올 수 있었으면'이라니. 세월이 지나 "같은 말도 조금 더 영리하게/말하게도" 되었겠지만, 분명 그 님은 품격 있는 그리움의 말을 불러일으킬 만한 이였으리라. 대개 높임말은 감정의 거리를 느끼게 하는데, 이 시에서의 '뵈올 수 있었으면'에서는 영원히 훼손되지 않을 고결한 사랑의 마음과 지극한 그리움이 배어 있다. 이렇게 영원한 사랑의 감정은 이른 죽음으로 사랑을 매듭짓게 된 사람한테 하늘이 내리는 슬픈 보상 같다.

하필 만수산(萬壽山)일까. 필시 젊은 나이에 세상을 뜬 정인(情人)을 배웅한 곳이 말이다. 소월은 번번이, 사람을 참 울컥하게 만든다.

"제석산 붙는 불은 옛날에 갈라선 그 내 님의/무덤엣 풀이라도 태웠으면!"

만수산이나 제석산은 실제 지명일지도 모르지만, 소월은 이 시에서 그만의 만수산이요 제석산을 만들어냈다. 정인을 앗아간 죽음의 냄새가 마른 풀 냄새처럼 아릿하게 풍기는 만수산과 제석산.

'가고 오지 못한다'는 말, '돌아서면 모심타'는 말, 세상 모르고 살던 시절에는 무슨 뜻인 줄 모른다. 그 철없는 나이에는 '인연'의 소중함도 모르기 때문이다. 헤어지면 그걸로 아주 끝인 줄 안다. 하지만 제대로 나이 들면, 진정한 어른이 되면, 맺어진 모든 인연을 설혹 분란이 있어도 마치 부부싸움처럼 '칼로 물 베기'가 되도록 애쓰게 마련이다. 그렇게 관계를 긴히 이어나가려면 때로 엄청난 관용이 필요하리라. 고대 로마의 철학자 세네카도 말했다. 철학의 으뜸목표는 사람들 속에서 사는 능력이라는 것. 그 능력이란 자비심과 사교성을 가리킨다(여기서 사교성이라는 건 뭐 '비즈니스 능력', 이런 걸 말하는 게 아니다). 세상모르고 살면 편하기야 하겠지만, "옛날에 갈라선 그 내 님의/무덤엣 풀이라도" 태우고 싶은 애절함도 모르리. 하지만 소월, 오죽 "고락에 겨운" 삶이었으면 "오히려 세상 모르고 살았으면!" 호소할까!

이 시에서처럼 죽음이 원인이 아니어도, 소월은 이별을 참 아름답게 노래하는 시인이다. 세련되고 현대적인 감각의 시정신과 시어로 말이다. 그의 시는 죽음과 허무를 노래할 때도 리드미컬하고 통통 튄다. 그의 시들이 그 옛날 7080세대 가수들에 의해 발라드풍 포크송만이 아니라 록으로도 불린 건 거기 시대를 뛰어넘는, 삶과 죽음과 사랑과 뮤즈에 대한 순애와 열망이 절절하고 선연하게 그려져 있기 때문이다. 그 뮤지션들은 소월의 시에 마음을 실어 그저 읊조리기만 하면 되었을 것이다. 그것은 이미 음악이었으니!

봄, 무량사

무량사 가자시네 이제 스물몇살의 기타소리 같은 남자

무엇이든 약속할 수 있어 무엇이든 깨도 좋을 나이

겨자같이 싱싱한 처녀들의 봄에

십년도 더 산 늙은 여자에게 무량사 가자시네

거기 가면 비로소 헤아릴 수 있는 게 있다며

늙은 여자 소녀처럼 벚꽃나무를 헤아리네

흰 벚꽃들 지지 마라, 차라리 얼른 져버려라, 아니,

아니 두 발목 다 가볍고 길게 넘어져라

금세 어둡고 추워질 봄밤의 약속을 내 모르랴

무량사 끝내 혼자 가네 좀 짧게 자른 머리를 차창에

기울이며 봄마다 피고 넘어지는 벚꽃과 발목들의 무량

거기 벌써 여러번 다녀온 늙은 여자 혼자 가네

스물몇살의 처녀, 오십도 넘은 남자에게 무량사 가자

가면 헤아릴 수 있는 게 있다 재촉하던 날처럼

올해도 남산에 벚꽃 만발하면

"무량사 가자시네". 쿵더쿵, 맵시 있게 시작되는 한 자락 풍류. 봄날의 벚꽃과 싱숭생숭 들썩이는 두 발목과 무량사와 헤아릴 수 없는 마음이 탐스러운 언어감각으로 그려져 있다(예컨대, 무량함과 헤아림의 절묘한 배합). "거기 가면 비로소 헤아릴 수 있는 게 있다"는 무량사(無量寺)의 유혹. 어쩌자고 "이제 스물몇살" 남자는 저보다 십년도 더 산 화자에게 무량사 가자셨나. "스물몇살의 처녀"였던 화자는 "오십도 넘은 남자"에게 무량사 가자 재촉했나. 나이 같은 건 헤아리지 않는 무량한 사랑의 스물 몇 살들!

"봄마다 피고 넘어지는 벚꽃과 발목들의 무량/거기 벌써 여러번 다녀온" 화자, 정작 무량사는 이제야 "끝내 혼자" 간단다. 부러워라, 아직 헤아릴 게 있는 듯 가는구나. 아니, 이루 헤아릴 수 없다는 듯 가는구나! 시의 리듬에 실려 흩어지고 가지런해지는 감정과 감상이 간간 화자의 아주 작은 한숨소리 들릴 지경으로 생생하다.

무량한 바람이 분다. 남산 벚나무들 꽃눈들도 채찍질하는 저 바람 속에서 눈을 꼭 감고 있겠지. 꼭꼭 숨어 있다 바람이 자면 눈 뜨거라. 이제 곧 두근두근 벚꽃 철이다! 올해도 남산에 벚꽃 만발하면 헤아리지 않고 꽃그늘을 거닐리라. 김경미의 「봄, 무량사」 생각도 나겠지. 내겐 너무 먼 무량사.

자면서도 입 벌린 것들

자면서도 입 벌린 것들

넷이 누우면 요강단지 하나 모시지 못할 안방에

저 두 발도 내 발이요 저 두 발도 내 발이고

또 저 두 발도 내 발인 식구들이

그야말로 밥 먹는 입들이 모로 누워 뒹굴며

이불을 패대기치며 잠 깊다

자면서도 입 벌린 것들

나를 향해 타박을 놓는 것이다 지금 자정을 넘어

취객의 욕지기가 웃풍으로 새어드는 겨울밤

큰 잔에 술을 따라 마시곤

서툰 기운으로 그 가녀린 것들의

깊은 잠 앞에 나는 몸둘 바 모르겠다

음습한 내 기운 시절을 가리지 않았으니

무슨 사랑이 나의 책임이 되었단 말인가

나 같은 것의 책임이 되었단 말인가

환멸은 진눈깨비로 내린다

이 착한 것들의 잠꼬대조차 자학으로 다가오는 서늘한 새벽,

떨면서 꾸는 꿈도 있었느니라

자면서도 입 벌린 것들

누군들 힘든 삶을 살지 않겠나

　남루한 속옷처럼 누구한테 보여주고 싶지 않을, 누구도 보고 싶어 하지 않을 '폭폭한' 풍경이다. "넷이 누우면 요강단지 하나 모시지 못할 안방"에 일가족이 조르르 누워 자고 있대서가 아니라, 밤도 깊은데 그 좁은 방 한 귀퉁이에서 그 집 가장이 한숨을 들이쉬고 내쉬면서 술을 마시고 있지 않은가 말이다. 아마도 밖에서 이미 취해 방금 귀가한 모양인데, 그랬으면 얼른 주무실 것이지 또 술을 마시나? 그것도 큰 잔으로. 그러니 "환멸"이 "진눈깨비로 내"리고, 자학과 자책과 자기연민……. 더욱 청승에 빠질 수밖에 없다. 오죽하면 그러시랴마는, 당신의 책임이 된 가족에게 예의가 아니다.

　누군들 힘든 삶을 살지 않겠나. 어느 가장인들 어깨가 천근만근 아니겠나. 한탄한들 뭐가 달라지겠나? 화자여, 술을 좀 줄이시라. "저 두 발도 내 발이요 저 두 발도 내 발이고/또 저 두 발도 내 발인 식구들", 깊은 잠에 빠져 "자면서도 입 벌린 것들"이 착하게, 무사히 당신 눈길 아래 있지 않은가. 참으로 푸근한 정경이어라.

　초등학생 중학생들이 자기 부모에 대한 입에 담지 못할 악담과 흉악한 욕을 주고받는 인터넷카페가 있단다. 끔찍한 얘기다. 부모와 자식 간의 단절과 폭력성이 극단으로 치닫고 있다는 증표이리라. 그애들을 거의 미치게 만든 건 어른들, 그 부모들이다. 돈, 돈, 돈! 돈을 '처바르고' 사교육을 시키느라 받는 억압을 애한테 쏟아 부었을 테지. 엄마도 자기의 자아실현을 위해서가 아니라 오직 돈을 버느라 집을 비웠을 테지. 그 카페 아이들 가운데, 젊은 서민 가장의 전형적인 모습을 보여주는 시 '자면서도 입 벌린 것들' 배경과 비슷한 가정의 애들은 절대 없으리라, 단언한다.

시에 대한 각서

|이성복|

　　고독은 명절 다음날의 적요한 햇빛, 부서진 연탄재와 삭은 탱자나무 가시, 고독은 녹슬어 헛도는 나사못, 거미줄에 남은 나방의 날개, 아파트 담장 아래 천천히 바람 빠지는 테니스 공, 고독은 깊이와 넓이, 크기와 무게가 없지만 크기와 무게, 깊이와 넓이 지닌 것들 바로 곁에 있다 종이 위에 한 손을 올려놓고 연필로 그리면 남는 공간, 손은 팔과 이어져 있기에, 그림은 닫히지 않는다 고독이 흘러드는 것도 그런 곳이다

사방에 고독이 있다

시집 『래여애반다라』에서 옮겼다. '래여애반다라(來如哀反多羅)'는 향가 「풍요(風謠)」의 한 구절로 '오다, 서럽더라'란 뜻의 이두(吏讀: 한자를 사용해서 한국어를 표기하는 방식)란다.

고독은 공기 같은 것. 내 코밑에도 있고 냉장고 옆에도 있고 화장실 문짝 앞에도 있다. 햇빛에도 있고 그늘에도 있다. 사방에 고독이 있다. 거미줄에도 있고 거미줄에 얹힌 먼지에도 있고, 삭은 탱자나무 가시에도 있고 싱싱한 탱자나무 가시에도 있다, 가시가 아니라 가시 둘레, 그 공간에 고독이 웅성거린다. "고독은 깊이와 넓이, 크기와 무게가 없지만", 추상적인 것이어서 만질 수 없지만, 느낄 수 있다. 이러한 고독이 흘러들어가 가없는 깊이가 되는 게 시라고, 시 제목이 '시에 대한 각서'

다. 원초적 고독감을 시의 출발점으로 삼는 게 이성복의 힘이다. 그의 비장한 각오에 나도 초발심을 살리리라 다짐한다. 시인으로서 느슨해진, 태만해진 자신을 깨달을 때의 고독감!

　나는 앞발과 다름없이 손이 무뎌, 그림 그리기는 '그림의 떡'이라 여겨왔다. 어릴 때 도화지에 손바닥을 쫙 펴서 올려놓고, 본을 떠 선을 긋고 나서 들여다보던 기억이 난다. 손 모양 그대로 그렸네! 볼수록 흐뭇하고 신기해서 한동안 스케치북이고 신문지고, 종이만 보면 손을 그려댔었다. 그러면서도 아둔한 나는 그림이 닫히지 않는다는 걸 깨닫지 못했지! 그 닫히지 않은 곳으로 무언가 저릿하게 흘러들어온다. 보이지 않는 세계로 사라진 것이 손인지 지금 저릿한 팔인지 모르겠다.

나비가 된 편지

|빅토르 위고|

아침 이슬 맺힌 장미꽃들에게 웃음짓는 것처럼

오! 어린 연인들은 저마다 꽃을 갖고 있구나.

꽃들은 부드럽고 넓게 떨리며 잎을 여닫고

재스민과 보랏빛 협죽도 안에서만

흰 날개들의 눈부신 펄럭임으로 오가는데

오 봄이여, 우리들이

달뜬 남자들로부터 생각에 잠긴 여인들에게로 가는

그 종이 위의 고백들, 호박단 위에 펜으로 쓴 사랑과 황홀,

열광의 메시지들, 사월에 받고 오월이면 찢어버릴

그 모든 편지들을 기다릴 때

흥겨운 바람에 실려 초원이나 숲, 물 위나 하늘로

날아가는 것들을 보는지요.

여기저기 영혼을 찾아 배회하고 맴도는 그것

여인의 입에서 피어나는 꽃을 찾아 달리며

향기로운 징표들로 나비가 되어 날아가는

저 작고 예쁘고 흰 조각들이여.

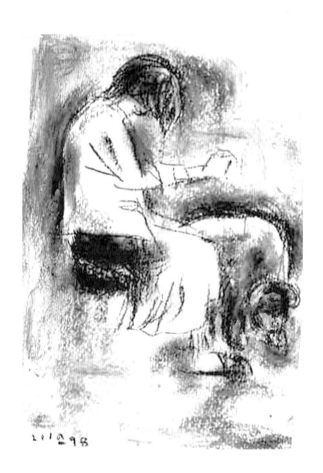

223

오늘 당신에게 시를 보내련다

19세기 낭만주의의 엑기스라고 할 만하게 아름답고 스케일이 크다. 자연과 인간이 총체적으로 움직인다. 자연도 사랑을 하고 사람들도 사랑을 한다. 그 사랑들이 서로 뒤섞이고 감응하며, 풀밭에서 하늘 끝까지 소용돌이치고 진동한다. 창궐하는 봄기운! 삶을 눈부시게 아름답게 강하게 열정적으로 품고 펼치겠다는, 위고라는 시인(=낭만적 바람둥이)의 배포에 독자의 가슴도 두근두근해진다. 단물이 줄줄 흐르는, 향기로운 과실을 한 입 베어 문 것 같은 시다. 이렇게 순수한 밝음의 세계가 그립다. 나도 낭만을 좀 찾고 싶다. 평론가 김진수의 에세이 『우리는 왜 지금 낭만주의를 이야기하는가』라도 찾아 펼쳐봐야겠다. 낭만주의에 삶의 희열, 어쩌면 핵심이 들어 있으리라.

오, 봄이여! 부드럽고 넓게 떨리며 잎을 여닫는 재스민과 보랏빛 협죽도 향기여. 춘정(春情)으로 흥겨운 바람에 실려 연인에게서 연인에게로 편지들은 날아다닌다, 꽃에서 꽃으로 오가는 나비처럼! 몸도 영혼도 솟구치는 사랑의 열기로 부푼 남녀가 사랑의 대상을 찾아 배회하는 기척으로 싱숭생숭 달뜬 봄날이로다.

연애편지가 나비다. 아름다운 비유다. 연인들이여, 이메일이나 문자를 날리지 말고 편지지에 사랑의 말을 담아 나비같이 날리시라. "향기로운 징표들"을 보내시라. 시집 판매가 줄어든 큰 이유로 사람들이 연애편지를 쓰지 않게 돼서 그렇다는 설이 있다. 시집에서 멋진 시를 베껴 연서(戀書)에 옮기곤 하던 시절이 있었다.

은유

바람의 문 문의 바람

빌딩의 숲 숲의 빌딩

기타의 사운드 사운드의 기타

마이크의 손 손의 마이크

하늘의 끝 끝의 하늘

비둘기의 평화 평화의 비둘기

노동의 노래 노래의 노동

행복의 시간 시간의 행복

슬리퍼의 때 때의 슬리퍼

모빌의 흔들림 흔들림의 모빌

화분의 선인장 선인장의 화분

비상구의 커피 커피의 비상구

뉴욕의 비행기 비행기의 뉴욕

후쿠시마의 먹구름 먹구름의 후쿠시마

감동의 쓰나미 쓰나미의 감동

그녀의 침대 침대의 그녀

여인의 울부짖음 울부짖음의 여인

전위의 읊조림 읊조림의 전위

이것의 부재 부재의 이것

나의 너 너의 나

나의 나 나의 나

나의 나

나

의

나

의

ㅇ

ㅡ

ㅣ

이래도 말이 되고 저래도 말이 되는

왼편 오른편 한 켤레 신발처럼 짝을 맞춘 말들로 흔들흔들, 레고 쌓기를 하듯 이루어진 시 형태가 재미있다. 튼실한 이파리들 무성한데 모래 밑으로는 있는 둥 만 둥하게 뿌리 빈약한 '화분의 선인장' 같다.

모든 시어가 '의'로 이루어졌다. '의'는 '체언이나 용언의 명사형에 붙어, 그 말이 관형어의 구실을 하게 하는 관형격 조사'다. 소유나 소속을 뜻하기도 하고, 앞의 말이 뒤의 말의 주체임을 뜻하기도 한다. 어떤 주체가 어떤 주체를 소유한다고 할 때 기본적으로 소유하는 주체는 당하는 주체보다 상위에 있다(반드시 그런 건 아니다만. 가령, '나의 주인' 같은 경우). 그런데 이 시에서는 소유의 주체와 객체를 뒤바꿈으로써 상호소유, 상호소속을 드러낸다. 이래도 말이 되고 저래도 말이 되는 우리말 특성을 살린 유희다.

"뉴욕의 비행기 비행기의 뉴욕"에서 '비행기의 뉴욕'은 자연스럽다. 뉴욕의 하늘에는 비행기가 많이 오갈 테니까. "후쿠시마의 먹구름 먹구름의 후쿠시마"에서 '먹구름의 후쿠시마'도 텍스트 외적인 사건 때문에 자연스럽고……. 그런데 간간 은유할 수 없는 걸 짝으로 맺어놓은 곳이 있다. 가령 "하늘의 끝 끝의 하늘"에서 '끝의 하늘'은 독자의 상상력을 자극하고 이미지를 확장시켰다고 볼 수도 있지만 그저 말장난으로 보이기도 한다.

"빌딩의 숲" "평화의 비둘기" 같은 상투적 표현도 간간 눈에 띄는데……. 시인이 그걸 못 알아챘을 리도 없고, 이리 토막토막 내서 들여다보면 안 될 테다. 아, 최규승의 다른 좋은 시도 많은데 왜 이 시를 골랐다지? 「은유」라는 제목도 마음을 끌었고, 언뜻 '전위의 읊조림'이 있어 보여서. "노동의 노래"가 아니라 "노래의 노동"인 「은유」여라!

꽃과 그림자

앞의 길이 바위에 막힌 붓꽃의

무리가 우우우 옆으로 시퍼렇게

번지고 있습니다

그러나 왼쪽에 핀 둘은

서로 붙들고 보랏빛입니다

그러나 가운데 무더기로 핀 아홉은

서로 엉켜 보랏빛입니다

그러나 오른쪽에 핀 하나와 다른 하나는

서로 거리를 두고 보랏빛입니다

그러나 때때로 붓꽃들이 그림자를

바위에 붙입니다

그러나 그림자는 바위에 붙지 않고

바람에 붙습니다

붓꽃이 마음에 흐드러지다

대개 붓꽃은 무리지어 피어 있다. 바람이 불면 우, 흔들리며 시퍼렇게 번진다. 붓꽃이 한 송이, 두 송이, 아홉 송이, 그리고 무더기로 바람에 흔들리는 모습을, 그 스침과 번짐을 시인은 실제보다 더 선명한 이미지로 펼쳐 보인다. 이 색채감과 리듬감! 세포를 확 깨우는 듯 감각의 호사를 누리게 하는 시다. 느리게, 빠르게, 흔들리는 붓꽃들과 그 그림자 속으로 독자는 빨려 들어간다.

이 짧은 시에 '그러나'가 다섯 번 나온다. 문단이 바뀔 때마다 '그러나'다. 언어에 어지간히 자신 있지 않은 다음에야 이럴 수 없다. '그러나'가 한 번 나올 때마다 음조는 고조되고 색조는 진해진다. 앞의 걸 부정함으로써 점점 빠르게, 강하게, 상승하는 '그러나'의 크레셴도! 그에 독자는 시의 풍경에 더욱 몰입된다. 거장의 솜씨다. 그림이면서 음악인 시! 읽고 나서도 한동안 시의 여운이 댕댕거린다. 붓꽃과 바람이 스치고 흔들리며 시퍼렇게 번지던 감촉이 살갗에 오소소 번진다. 열린 감각이 파르르 떨린다.

출전:

이제하, 「빈 들판」, 『빈 들판』, 나무생각, 1998

양애경, 「조용한 날들」, 『맛을 보다』, 지혜, 2011

서동욱, 「3분간의 호수」, 『랭보가 시쓰기를 그만 둔 날』, 문학동네, 1999

손현숙, 「공갈빵」, 『손』, 문학세계사, 2011

페데리코 가르시아 로르카, 민용태 역, 「뉴욕에서 달아나다: 문명을 향한 두 개의 왈츠

　　 ― 작은 빈 왈츠」, 『로르카 시 선집』, 을유문화사, 2008

조은, 「언젠가도 여기서」, 『생의 빛살』, 문학과지성사, 2010

김종해, 「사모곡」, 『풀』, 문학세계사, 2013

다카하시 아유무, 양윤옥 역, 「핵(核)」, 『러브 앤 프리』, 에이지21, 2010

김종삼, 「라산스카」, 『김종삼전집』, 나남, 2005

설정환, 「삶의 무게」, 『나 걸어가고 있다』, 시와사람사, 2010

서영처, 「베니스의 뱃노래」, 『피아노 악어』, 열림원, 2006

스테판 말라르메, 황현산 역, 「바다의 미풍」, 『시집』, 문학과지성사, 2005

임희구, 「김씨」, 『소주 한 병이 공짜』, 문학의전당, 2011

셰이머스 히니, 김정환 역, 「박하」, 『셰이머스 히니 시전집 』, 문학동네, 2011

이근화, 「짐승이 되어가는 심정」, 『차가운 잠』, 문학과지성사, 2012

허연, 「사선의 빛」, 『내가 원하는 천사』, 문학과지성사, 2012

김승일, 「의사들」, 『에듀케이션』, 문학과지성사, 2012

서정주, 「푸르른 날」, 『푸르른 날』, 미래사, 2001

엄승화, 「미개의 시」, 『사랑한다 사랑한다 사랑한다』(공저), 제삼기획, 2000

최승자, 「한 세월이 있었다」, 『쓸쓸해서 머나먼』, 문학과지성사, 2010

한승오, 「노루목」, 『삼킨 꿈』, 강, 2012

김남조, 「편지」, 『가난한 이름에게』, 미래사, 2002

윤성근, 「엘리엇 생각」, 『나 한 사람의 전쟁』, 마음산책, 2012

김윤배, 「내 안에 구룡포 있다」, 『바람의 등을 보았다』, 창비, 2012

포루그 파로흐자드, 신양섭 역, 「나는 태양에게 다시 인사하겠다」, 『바람이 우리를 데려다
　　주리라』, 문학의숲, 2012

김중식, 「엄마는 출장중」, 『황금빛 모서리』, 문학과지성사, 1999

김영태, 「과꽃」, 『누군가 다녀갔듯이』, 문학과지성사, 2005

김경인, 「자화상을 그리는 시간」, 『얘들아, 모든 이름을 사랑해』, 민음사, 2012

윌리엄 버틀러 예이츠, 정현종 역, 「헤매는 잉거스의 노래」, 『첫사랑』, 민음사, 2001

이원, 「목소리들」, 『불가능한 종이의 역사』, 문학과지성사, 2012

박경희, 「상강(霜降)」, 『벚꽃 문신』, 실천문학사, 2012

에드거 앨런 포, 정규웅 역, 「애너벨 리」, 『애너벨 리』, 민음사, 2000

유하, 「참새와 함께 걷는 숲길에서」, 『세상의 모든 저녁』, 민음사, 2007

이창기, 「즐거운 소라게」, 『나라고 할 만한 것이 없다』, 문학과지성사, 2005

신현락, 「고요의 입구」, 『히말라야 독수리』, bookin, 2012

박재삼, 「가난의 골목에서는」, 『천년의 바람』, 민음사, 1995

이현승, 「있을 뻔한 이야기」, 『친애하는 사물들』, 문학동네, 2012

최정례, 「냇물에 철조망」, 『레바논 감정』, 문학과지성사, 2006

허수경, 「해는 우리를 향하여」, 『청동의 시간 감자의 시간』, 문학과지성사, 2005

조윤희, 「화양연화」, 『얼룩무늬 저 여자』, 발견, 2011

박진성, 「아라리가 났네」, 『목숨』, 천년의시작, 2012

육근상, 「가을 별자리」, 『절창』, 솔, 2013

문정희, 「먼 길」, 『양귀비꽃 머리에 꽂고』, 민음사, 2004

박준, 「옷보다 못이 많았다」, 『당신의 이름을 지어다가 며칠은 먹었다』, 문학동네, 2012

김소월, 「나는 세상 모르고 살았노라」, 『진달래꽃』, 매문사, 1925

김경미, 「봄, 무량사」, 『고통을 달래는 순서』, 창비, 2008

문동만, 「자면서도 입 벌린 것들」, 『그네』, 창비, 2009

이성복, 「시에 대한 각서」, 『래여애반다라』, 문학과지성사, 2013

빅토르 위고, 고두현 · J. C. 이사르티에 역, 「나비가 된 편지」, 『떨림, 사랑』,
   현대문학북스, 2002

최규승, 「은유」, 『처럼처럼』, 문학과지성사, 2012

오규원, 「꽃과 그림자」, 『새와 나무와 새똥 그리고 돌멩이』, 문학과지성사, 2005

작가소개:

이제하
1937년 경남 밀양 출생. 소설집 『초식』, 『기차, 기선, 하늘, 바다』, 『용』, 『독충』, 장편소설 『열망』, 『소녀 유자』, 『진눈깨비 결혼』, 『능라도에서 생긴 일』, 시집 『저 어둠 속 등빛들을 느끼듯이』, 『빈 들판』, 소묘집 『바다』, CD 〈이제하 노래모음〉 등이 있음.

양애경
1956년 서울 출생. 시집 『사랑의 예감』, 『바닥이 나를 받아주네』, 『내가 암늑대라면』, 『맛을 보다』 등이 있음. 현재 한국영상대학교 방송영상스피치과 교수로 재직 중.

서동욱
1969년 서울 출생. 시집 『랭보가 시쓰기를 그만둔 날』, 『우주전쟁 중에 첫사랑』 등이 있으며, 이 밖에 지은 책으로 『차이와 타자─현대 철학과 비표상적 사유의 모험』, 『들뢰즈의 철학─사상과 그 원천』, 『일상의 모험─태어나 먹고 자고 말하고 연애하며, 죽는 것들의 구원』, 『익명의 밤』 등이 있음. 현재 서강대 철학과 교수로 재직 중.

손현숙
1959년 서울 출생. 시집 『너를 훔친다』, 『손』, 사진 산문집 『시인박물관』, 『나는 사랑입니다』 등이 있음.

페데리코 가르시아 로르카
1898년 스페인 그라나다 근처 마을 푸엔테 바케로스에서 출생. 시집 『시 모음』, 『노래집』, 『집시 이야기 민요집』, 『이그나시오 산체스 메히아스의 죽음』 등. 희곡 「피의 결혼」, 「예르마」, 「베르나르다 알바의 집」 등. 1936년 8월 19일 생을 마감함(스페인 내전 초기, 공화주의자였던 로르카는 파시스트 반란군에 체포돼 사흘 뒤 총살당함).

조은
1960년 경북 안동 출생. 시집 『땅은 주검을 호락호락 받아주지 않는다』, 『무덤을 맴도는 이유』, 『따뜻한 흙』, 『생의 빛살』, 산문집 『벼랑에서 살다』, 『우리가 사랑해야 하는 것들에 대하여』, 『낯선 길로 돌아오다』, 『마음이여, 걸어라』, 장편동화 『햇볕 따뜻한 집』, 『다락방의 괴짜들』, 『동생』 등이 있음.

김종해
1941년 부산 출생. 시집 『인간의 악기』, 『신의 열쇠』, 『항해일지』, 『왜 아니 오시나요』, 『바람 부는 날은 지하철을 타고』, 『풀』, 『봄꿈을 꾸며』 등이 있음. 현재 문학세계사 대표, 《시인세계》 발행인.

다카하시 아유무
1972년 일본 도쿄 출생. 자서전 『날마다 모험』, 세계 방랑노트 『러브 앤 프리』, 『패밀리 집시』, 포토에세이 『어드벤처 라이프』 등이 있음. 스무 살에 대학을 중퇴하고 미국식 바

'Rockwell's' 개업. 스물세 살에 자서전을 내기 위해 출판사 설립. 혼자 트럭을 타고 다니며 일본 전국순회콘서트 감행. 'Raizing'란 이름의 무명 인디밴드 리더. 스물여섯 살에 결혼하자마자 번창하는 사업을 접고 아내와 단둘이 세계일주 떠남. 2년간 여행 뒤 오키나와에 이주, 오키나와를 세계 제일 파라다이스로 만들겠다는 프로젝트 주재. 현재 자유인. 2008년에 네 식구가 무기한으로 세계일주를 떠났다 4년만에 돌아옴.

김종삼
1921년 황해도 은율 출생. 시집 『십이음계』, 『시인학교』, 『북치는 소년』, 시선집 『그리운 안니 로리』, 『누군가 나에게 물었다』 등이 있음. 1984년 사망.

설정환
1970년 전북 순창 출생. 시집 『나 걸어가고 있다』가 있음.

서영처
1964년 경북 영천 출생. 시집 『피아노 악어』, 『말뚝에 묶인 피아노』가 있음. 《시인광장》에 에세이 「서영처의 시와 음악」 연재 중. 현재 계명대학교 교양대학 교수로 재직 중.

스테판 말라르메
1842년 프랑스 파리 출생. 시집 『에로디아드』, 『목신의 오후』, 『시집』, 『주사위를 한 번 던짐』 등, 미완성 소설 『이지튀르』, 산문시와 평론을 묶은 『디바가시옹』 등이 있음. 1898년 사망.

임희구
1965년 서울 출생. 시집 『걸레와 찬밥』, 『소주 한 병이 공짜』 등이 있음. 독거노인을 위한 인터넷 카페 〈걸레와 찬밥〉 카페지기.

셰이머스 히니
1939년 북아일랜드 데리 주 모스본 출생. 1972년 아일랜드 국적 취득. 시집 『자연애호가 한 명 죽다』, 『끝까지 겨울나기』, 『북쪽』, 『정거장 섬』, 『산사나무초롱』, 『기포수준기』, 『헛것을 보다』, 『인간 사슬』 등, 산문집 『혀의 지배』 등, 희곡 『테베에서의 장례식』 등이 있음. 2013년 사망.

이근화
1976년 서울 출생. 시집 『칸트의 동물원』, 『우리들의 진화』, 『차가운 잠』이 있음. 현재 고려대학교 한국학연구소 연구교수로 재직 중.

허연
1966년 서울 출생. 시집 『불온한 검은 피』, 『나쁜 소년이 서 있다』, 『내가 원하는 천사』, 산문집 『그 남자의 비블리오필리』 등이 있음.

김승일
1987년 경기도 과천 출생. 시집 『에듀케이션』이 있음.

서정주
1915년 전북 고창 출생. 시집 『화사집』, 『신라초』, 『동천』, 『국화 옆에서』, 『질마재 신화』, 『떠돌이의 시』 등, 산문집 『한국의 현대시』, 『시문학 원론』 등이 있음. 2000년 작고.

엄승화
1958년 강원도 영월 출생. 시집 『온다는 사람』이 있음. 현재 뉴질랜드의 한적한 동네에서 아담한 와인가게를 운영하고 있음.

최승자
1952년 충남 연기 출생. 시집 『이 時代의 사랑』, 『즐거운 日記』, 『기억의 집』, 『내 무덤, 푸르고』, 『연인들』, 『쓸쓸해서 머나먼』, 번역서 『굶기의 예술』, 『죽음의 엘레지』, 『침묵의 세계』, 『자살의 연구』, 『상징의 비밀』, 『자스민』 등이 있음.

한승오
1960년 부산 출생. 산문집 『그래, 땅이 받아줍디까』, 『몸살』, 산문시집(혹은 시적 산문집) 『삼킨 꿈』이 있음. 현재 시골에서 논농사와 밭농사를 짓고 있음.

김남조
1927년 대구 출생. 시집 『목숨』, 『나무와 바람』, 『겨울 바다』, 『사랑 초서』, 『빛과 고요』, 『바람 세례』, 『평안을 위하여』, 시선집 『가난한 이름에게』, 콩트집 『아름다운 사람들』 등이 있음.

윤성근
1960년 대구 출생. 시집 『우리 사는 세상』, 『먼지의 세상』, 『소돔城 1990』, 『나는 햄릿이다』, 유고시집 『나 한 사람의 전쟁』 등이 있음. 2011년 영면함.

김윤배
1944년 충북 청주 출생. 시집 『겨울 숲에서』, 『떠돌이의 노래』, 『강 깊은 당신 편지』, 『굴욕은 아름답다』, 『슬프도록 비천하고 슬프도록 당당한』, 『부론에서 길을 잃다』, 『바람의 등을 보았다』, 산문집 『시인들의 풍경』, 『최울가는 울보가 아니다』, 『온몸의 시학 김수영』, 동화 『비를 부르는 소년』, 『두노야, 힘내』 등이 있음.

포루그 파로흐자드
1935년 이란 테헤란 출생. 시집 『포로』, 『벽』, 『저항』, 『또 다른 탄생』, 『추운 계절의 시작을 믿어보자』, 유럽기행문 『영원의 석양에서』, 다큐멘터리 영화 〈그 집은 검다〉 등이 있음. 1967년 자동차 사고로 영면함.

김중식
1967년 인천 출생. 시집 『황금빛 모서리』가 있음.

김영태
1936년 서울 출생. 시집 『유태인(猶太人)이 사는 마을의 겨울』, 『바람이 센 날의 인상(印象)』, 『초개수첩(草芥手帖)』, 『객초(客草)』, 『북(北)호텔』, 『남몰래 흐르는 눈물』, 『그늘 반근』, 『누군가 다녀갔듯이』 등이 있음. 2007년 작고.

김경인
1972년 서울 출생. 시집 『한밤의 퀼트』, 『애들아, 모든 이름을 사랑해』가 있음.

윌리엄 버틀러 예이츠
1865년 아일랜드 더블린에서 태어남. 시집 『탑』, 『3월의 만월』 등. 시와 희곡 『오이신의 방랑과 기타 시편』, 『캐서린 백작부인과 여러 서정시들』, 『갈대 사이에 부는 바람』 등. 산문집 『상냥하고 말없는 달을 위하여』, 『비전』 등. 아일랜드 국립극장, 아일랜드 문예협회 창립. 1939년 영면.

이원
1968년 경기도 화성 출생. 시집으로 『그들이 지구를 지배했을 때』, 『야후의 강물에 천 개의 달이 뜬다』, 『세상에서 가장 가벼운 오토바이』, 『불가능한 종이의 역사』가 있음.

박경희
1974년 충남 보령 출생. 시집 『벚꽃 문신』이 있음.

에드거 앨런 포
1809년 미국 매사추세츠주 보스턴 출생. 시집 『티무르, 기타 시집』, 『알 아라프, 티무르』, 『시집』. 단편소설집 『그로테스크하고 아라베스크한 이야기』, 『이야기』. 1849년 작고.

유하
1963년 전북 고창 출생. 시집으로 『武林일기』, 『바람부는 날이면 압구정동에 가야 한다』, 『세상의 모든 저녁』, 『세운상가 키드의 사랑』, 『나의 사랑은 나비처럼 가벼웠다』, 『천일마화』 등이 있음.

이창기
1959년 서울 출생. 시집으로 『꿈에도 별은 찬밥처럼』, 『李生이 담 안을 엿보다』, 『나라고 할 만한 것이 없다』 등이 있음.

신현락
1960년 경기도 화성 출생. 시집으로 『따뜻한 물방울』, 『풍경의 모서리, 혹은 그 옆』과, 논저 『한국 현대시와 동양의 자연관』이 있음.

박재삼
1933년 일본 동경 출생. 시집으로 『춘향이 마음』, 『햇빛 속에서』, 『천년의 바람』, 『어린 것들 옆에서』, 『뜨거운 달』, 『비 듣는 가을나무』, 『추억에서』, 『대관령 근처』, 『찬란한 미지수』, 『해와 달의 궤적』, 시조집 『내 사랑은』, 수필집 『슬퍼서 아름다운 이야기』, 『빛과 소리의 풀밭』, 『노래는 참말입니다』, 『샛길의 유혹』, 『바둑한담』, 『아름다운 삶의 무늬』, 『미지수에 대한 탐구』 등이 있음. 1997년 지병으로 영면함.

이현승
1973년 전남 광양 출생. 시집으로 『아이스크림과 늑대』, 『친애하는 사물들』, 『생활이라는 생각』이 있음.

최정례
1955년 경기도 화성 출생. 시집 『내 귓속의 장대나무 숲』, 『햇빛 속에 호랑이』, 『붉은 밭』, 『레바논 감정』, 『캥거루는 캥거루고 나는 나인데』, 시평집 『시여, 살아 있다면 실컷 실패하라』 등이 있음.

허수경
1964년 경남 진주 출생. 시집 『슬픔만한 거름이 어디 있으랴』, 『혼자 가는 먼 집』, 『내 영혼은 오래되었으나』, 『청동의 시간 감자의 시간』, 장편소설 『모래도시』, 『박하』 등이 있음.

조윤희
1955년 전남 장흥 출생. 시집 『모서리의 사랑』, 『얼룩무늬 저 여자』 등이 있음.

박진성
1978년 충남 연기 출생. 시집 『목숨』, 『아라리』, 『식물의 밤』, 산문집 『청춘착란』 등이 있음.

육근상
1960년 대전 출생. 시집 『절창』이 있음.

문정희
1947년 전남 보성 출생. 시집 『새떼』, 『남자를 위하여』, 『오라, 거짓 사랑아』, 『양귀비꽃 머리에 꽂고』, 『나는 문이다』, 산문집 『이 세상 모든 사랑은 무죄이다』, 『문학의 도끼로 내 삶을 깨워라』 등이 있음.

박준

1983년 서울 출생. 시집 『당신의 이름을 지어다가 며칠은 먹었다』가 있음.

김소월

1902년 평안북도 구성군 외갓집에서 태어남. 백일 지난 뒤 평안북도 정주군 본가로 돌아옴. 시집으로 『진달래꽃』, 『소월시초』가 있음(1939년 소월의 스승 김억 엮음). 1934년 작고.

김경미

1959년 경기도 부천 출생. 1983년 중앙일보 신춘문예에 시가 당선되어 작품활동 시작. 시집으로 『쓰다 만 편지인들 다시 못 쓰랴』, 『이기적인 슬픔들을 위하여』, 『쉿, 나의 세컨드는』, 『고통을 달래는 순서』 등이 있음. 노작문학상을 수상함.

문동만

1969년 충남 보령 출생. 시집 『나는 작은 행복도 두렵다』, 『그네』가 있음.

이성복

1952년 경북 상주 출생. 시집 『뒹구는 돌은 언제 잠 깨는가』, 『남해 금산』, 『그 여름의 끝』, 『호랑가시나무의 기억』, 『아, 입이 없는 것들』, 『달의 이마에는 물결무늬 자국』, 산문집 『네 고통은 나뭇잎 하나 푸르게 하지 못한다』, 『오름 오르다』, 『타오르는 물』 등이 있음.

빅토르 위고

프랑스 낭만주의 시인이자 극작가, 소설가, 정치가. 1802년 프랑스의 브장송 출생. 첫 시집 『오데와 잡영집』(1822)으로 주목을 받은 이래, 희곡 『크롬웰』(1827), 시집 『동방시집』(1829), 소설 『어느 사형수의 마지막 날』(1829) 등을 발표하며 문단의 총아로 떠오름. 소설 『노트르담 드 빠리』(1831)는 위고에게 민중소설가로서의 지위를 굳혀주었으며, 1841년에는 프랑스 학술원 의원으로 선출됨. 그 뒤 위고는 10여 년간 거의 작품을 발표하지 않고 정치 활동에 전념했고, 1848년 2월 혁명 등을 계기로 인도주의적 정치 성향을 굳힘. 소설 『레 미제라블』(1862), 『바다의 노동자들』(1867) 등의 대표작을 남김.

최규승

1963년 경남 진주 출생. 시집 『무중력 스웨터』, 『처럼처럼』이 있음.

오규원

1941년 경남 밀양 출생. 시집 『분명한 사건』, 『순례』, 『왕자가 아닌 한 아이에게』, 『이 땅에 씌어지는 抒情詩』, 『가끔은 주목받는 生이고 싶다』, 『사랑의 감옥』, 『길, 골목, 호텔 그리고 강물소리』, 『토마토는 붉다 아니 달콤하다』, 『새와 나무와 새똥 그리고 돌멩이』, 『두두』, 동시집 『나무 속의 자동차』, 시론집 『현실과 극기』, 『언어와 삶』, 『날이미지와 시』, 시 창작 이론서 『현대시 작법』 등이 있음. 2007년 작고함.

하루의 시

초판 1쇄 인쇄 | 2016년 4월 18일
초판 1쇄 발행 | 2016년 4월 25일

엮고 쓴 이 | 황인숙
그린 이 | 이제하
발행인 | 노승권

편집 | 김영주, 김숭규, 박나래
진행 · 디자인 | 놀이터

사업운영 | 김현오
마케팅기획 | 임현석, 정완교, 김도현, 소재범
사업지원 | 차동현, 김보연

임프린트 | 책읽는수요일
주소 | 서울시 중구 무교로 32 효령빌딩 11층
전화 | 02-728-0270(마케팅) 02-3789-0269(편집)
팩스 | 02-774-7216

발행처 | (사)한국물가정보
등록 | 1980년 3월 29일
이메일 | booksonwed@gmail.com
홈페이지 | kpibook.co.kr

* 책읽는수요일, 라이프맵, 비즈니스맵, 사흘, 생각연구소, 지식갤러리, 피플트리,
고릴라북스, 스타일북스는 KPI출판그룹의 임프린트입니다.